しずかなパレード

井上荒野

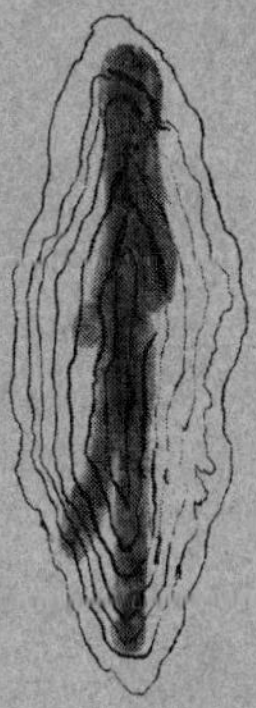

幻冬舎

しずかなパレード

装丁　芥　陽子
装画　井出静佳

1

今日、私はパレードを見た。

夕方、家族三人でレストランに向かっているとき、ちょうど行き逢ったのだ。

アーケード街の向こうから、カンフーマンは歩いてきた。いつもの青いぺらぺらのカンフースーツに、今日は電飾が巻きつけられてチカチカと光っていた。背中に幟《のぼり》を背負っていて、幟にはスパンコールで縁取った文字で「引退パレード」と書かれていた。書かれていなければ、あれがパレードだとは誰も思わなかっただろう。

カンフーマンは毎週日曜日の午頃《ひる》、多満屋《たまや》デパートの前の、テーブルと椅子がいくつか置かれているちょっとした広場にあらわれる。そして十五分ばかり、はっ、ひょおーと奇声を上げながら、珍妙なカンフーの演技を披露する。私がこの港町に嫁いでくる何年も前から彼はいて、多満屋が排除しようとしたこともあったらしいがそれを横暴だと言う町の声もあり、結局は休日のアーケード街の名物として落ち着いたらしい。今ではカンフーマンは日曜日の町の景色にすっかり溶け込んでいて、わざわざ振り返って見たり笑ったりするのは旅行者だけだ。

でも今日は、カンフーマンは静かだった。ただ歩いているだけだった。長い手足をぶらり、ぶらりと、象の鼻を思わせる動きで前後させながら行進していた。顔にはいつものようにアイラインと口紅でグロテスクな化粧が施されていたが、いつものように叫んだり目をかっと見開いたり舌なめずりしたりはせずに、かたい生真面目な表情だった。

だから私たちは振り返った。引退？　と夫の伸伍《しんご》が呟き、キラキラ、と娘の結生《ゆき》が言った。でも、私は黙っていたから、それきりになった。「引退」の文字も電飾も、私は町並みや行き交う人たちを見るのと同じようにただ眺めていただけだった。

さっき店に入ってきた男はカンフーマンだということに、私は気づいた。

というか、彼を見て、パレードのことを思い出したのだ。

埠頭《ふとう》のそばのカフェに私はいる。男は、入口のそば——私が座っている奥の席の、ちょうど対角のテーブルに着いている。午後十一時少し前、だだっ広い店内にはまだぱらぱらと客がいるが、たぶん私以外に気づいている人はいない。

カンフーマンは今は化粧をしていないし、カンフースーツも着ていない。そうなるとただの五十絡みの痩せた男にすぎない。白いシャツ、グレーのカーディガン、それより少し濃い色のズボン。ベージュのコートは傍《かたわ》らに丸めてある。年齢相応の平凡な出《い》で立ち。頰《ほお》杖《づえ》をつき、手元にメニューを広げているが、顔は窓の外を向いている。

私は立ち上がった。

半日の間にカンフーマンを二回見た。パレードの彼、素顔の彼。その間には一本の線が横たわっている。黒くて太いはっきりとした境界線。私が考えていたのはその線のことだった。

立ち上がったのは、その分断をはっきり認識するためだと、私は自分自身に説明した。でも一方ではたぶん、そのことを曖昧《あいまい》にしたい気持ちもどこかにあった。

「こんばんは」

私はカンフーマンのテーブルへ行き、話しかけた。男はぽかんとした顔で私を見上げた。

「カンフーマンでしょう?」

男は息を吞んで私を見つめ、どう返事をすればいいのか考えているふうだった。ややあって、口に含んでいた何かの種がぽろりと落ちたみたいに「いや」と答えたが、それはカンフーマンであることを肯定したのと同じだった。

「私、夕方にあなたのパレードを見たとですよ」

私はあいかわらず、自分の目的があやふやなまま言葉を継いだ。

「よう、わかりましたね」

男は抵抗を放棄した顔になって言った。私は頷《うなず》いたが、自分がもう彼に語るべき言葉を何も持っていないことに気がついた。彼のファンでもなかったし、彼の引退を残念にも思っていなかった。

「引退されるとですか？　なして？」

そうだ、それがあったと思いながら私は聞いた。男は再びさっきのように答えを探す表情になったが、最終的には肩を竦《すく》めただけだった。言葉は返ってこなかった。理由はないのだ——わからないのだ、彼にも。そう思った瞬間に、私は男への関心をいっさい失った。

ウェイトレスがコーヒーを持って近づいてきたのをしおに、私は自分のテーブルに戻った。

間もなく、私が注文したドリアも運ばれてきた。

脂っぽい匂いをたてながらじゅうじゅうと泡立っているその料理を、私は呆然と見下ろした。

これはこの店の今月のスペシャルで、店のあちこちに写真が掲示されている。入ってきてそれを見たとき、食べたい、と思ったのだった。どういうわけだか、それを食べることが必要に思えたのだ。だから注文した。食べたいと思ったのだから食べられるだろうと。私は思ったようにする。したいと思えばなんでもできる。たった今、そうしてきたばかりなのだから、と。

でも今、私はドリアを見下ろして、スプーンを手に取る気も起きなかった。こんなこってりしたものを食べられるわけがない。私は満腹なのだから。ほんの二時間ほど前に、ご馳走を食べてきたばかりなのだから。

私の誕生日祝いのディナーだった。誕生日は一昨日《おととい》だったが、伸伍は例年通り、いちばん近い休日の夜に、老舗《しにせ》の洋食屋の個室を予約してくれた。その店名物のレモン・ステーキをメインにしたフルコース。前菜は生牡蠣《なまがき》と、彩りのきれいな野菜のテリーヌ、地の魚を使ったブイヤベースふうのスープも出た。結生のために、子供用にアレンジした皿もとくべつに用意されていた。本来なら就学前の子供は敬遠されるのだが、個室だったし、同じ商店街の若主人同士として、伸伍とレストラン店主とは懇意だったから、いろいろ便宜を図ってもらえる。

まるで結生の誕生日みたいやね。小さなミッキーマウスの型に抜かれたテリーヌを見て、伸伍は笑い、結生は大切そうに、ミッキーの耳の端からほんの少しずつフォークで口に入れていた。結生。四歳になったばかりのあの子。家を出てくるとき、あの子は眠っていた。あの子はまだ私たち夫婦と同じ部屋に布団を敷いて眠っていて、その部屋には私の衣類も置いているので、私はむしろ物音をわざと立てるようにして荷造りしたのに、あの子はいっこうに目を覚まさなかった。もし目を開けて、なんばしとると？　どこへ行くと？　と聞いてくれたら、きっと私は出ていくことができなかったのに。

ドアが開く音に、私は顔を上げる。ここに来てからいちいちそうしている。だが入ってきたのは、今度も夫ではない見知らぬ誰かだ。伸伍は何をしているのだろう？　もちろん私がこの店にいることは知らない。私は車で出てきたのだし、もうとっくに遠いところ――地理的にも、ほかの意味でも――に行ってしまったと思っているのかもしれない。それでも、この時間に私がひとりで入れそうな店をしらみつぶしに当たってみることくらい、なぜ思いつかないのだろう？

きっと夫は、高を括《くく》っているのだ。たんなる一時的な癇癪《かんしゃく》だと思っているのだろう。頭が冷えたら戻ってくるだろうと。もちろん腹を立ててもいるだろう――怒るということがめったにない人だが、今回ばかりは、すぐに追いかける気持ちにならないほどには。携帯電話すら鳴らないのだから。

するとそのとき、テーブルの上に置いた携帯電話にメールが着信したので、私は餓《う》えた人のように摑んだ。メールは夫からではなく武藤《むとう》からだった。「帰りてー」という一行に、悪趣味なパーティドレスの女性――ひどく太っていて、そう若くもないのに、お姫さまみたいなピンクのフレアーたっぷりのワンピース――の写真が添付されている。彼がこちらへ来るのは明日の約束だった。今夜、彼はまだ東京にいる。知人の出版記念パーティに義理で出席しなければならないと言っていたから、そこで見かけた人をこっそり撮ったのだろう。いつもの彼らしい、ふざけた、呑気《のんき》なメール。

返信しなければ、と私は思った。家を出てきたことを、彼に知らせなければ。武藤こそが私が出奔した原因なのだから。預かっている鍵を使って、私は今夜これから、弓張岳《ゆみはりだけ》の彼の別荘に泊まるつもりでいるのだから。

「早く帰ってきて」

けれども、私はそう打ち込んだだけだった。送信すると、ややあって「いい子で待ってて」という返信が届いた。私は自宅から――夫や娘に気づかれない物陰で――返信していると、彼は疑いもしていないだろう。

どうして私は武藤に知らせないのだろう。私は、そのことについて考えなければならないと思った。けれども考えたくなくて、ただ冷めていくドリアをスプーンでつついた。

「あの」

私はぎょっとして顔を上げた。私を覗き込んでいるのはカンフーマンだった。

「あの、付き合《お》うてもらえんでしょうか」

私は呆気《あつけ》にとられ、それから、先ほどの自分の無礼さは棚に上げて向かっ腹を立てた。

「あなた、何か勘違いをされとりますよ」

「いや……」

私の語気に男は怯《ひる》んだ様子になったが、立ち去ろうとはしなかった。

「そういう意味では……おたくが思うとるようなことではなかとです。三十分もかかりませんけん、一緒に来てはもらえんでしょうか」

「一緒に。どこへ」

「バスに乗っていきます。タクシーでもよか。誓って、危ない目にはあわせませんけん」

男の答えは答えになっていなかった。行き先について言いたくないのか。でも、かまわない、と私は思った。突然、私は男と行く気持ちになっていた。男との出会いは今夜の自分のためにわざわざ用意されたことであるように思えたし、それならこの先何が起きるのか、知るべきだとも思えたのだ。

「そんなら私の車に乗ったらよか」

私はそう言って、立ち上がった。

水色のフォルクスワーゲンは、私専用の車として、五年前、結婚祝いに義理の両親から贈られたものだ。

こんな可愛い、東京のお嬢さんが、うちに来てくれて。義父《ちち》も義母《はは》も、それに親戚の人たちも、口々に言った。義父はのんびり屋で、義母はしっかり者だが、ふたりとも私を可愛がってくれている。商売のことなどなにもわからなかった私を、老舗の和菓子屋の若《わか》女将《おかみ》として、辛抱強く育ててくれた。

今年の誕生日、結生からの贈り物は折り紙で作ったカード——私の顔らしきものが貼りつけてある——で、伸伍からのは、エルメスのバングルだった。レストランから家に帰ってきて、結生が布団に入り、ダイニングでふたりきりになったときに、彼はリボンをかけた箱を取り出したのだった。

結婚以来、私はすっかり流行に疎《うと》くなってしまったので、そのバングルが新作なのかどうかといったことはわからなかったが、純銀製だったから、三十万円近くすることは間違いなかった。こんな高いもの……と私が言うと、たまにはよかたい、と夫は笑った。結生の世話と、店のことと、ほんなこつようやってくれとるけん、ご褒美たい。まあ、これば着けるような機会が、そうはなかなかもしれんばってん、こいからはときどき、結生を下の家に預けて、以前のごたふたりきりで出かけたりもしたいと思うとるとよ……。

それで私はそれ以上何も言えなくなってしまった。あるいは夫は、私に何も言わせないために、やさしい言葉を連ねたのかもしれない。「こんな高いもの……」と呟いた私がそのあとに言いたかったのは——実際に口には出せなかったにしても——「こんな高いものをもらったって、あなたへの気持ちが戻るわけじゃない」ということだった。

「あ、そこ、右に曲がってください」

男の指示で、私はウィンカーを出す。車はバス通りを北へ向かっている。十分ほど走ってから脇道に入る。

私は横目で男を窺《うかが》う。きちんと刈り込まれた髪は間近で見ると意外に白髪が多い。車に乗り込んでから会話らしい会話はなく、男が口を開くのは、経路を指示するときだけだった。

どこへ連れられていくのか、不安がまったくないわけではなかったが、私は落ち着いていた。自分でハンドルを握っているということもあったし、男への警戒心はある一定以上には膨らんでこなかった。それはつまり男が、私がこの町に来て以来慣れ親しんできたカンフーマンであるからだ、と私は思う。

はじめて彼のパフォーマンスを見たときのことを、よく覚えている。まだ結婚する前で、私は東京で一人暮らしをしていたが、時間と機会をやりくりして、伸伍を訪ねていた頃だった。私たちはラーメン——それはこの町の隠れ名物で、隣県の有名な豚骨ラーメンともまた少し違って、独特の味わいがあるのだと私は伸伍から教わっていた——を食べに行くために、アーケード街を歩いていた。私がカンフーマンに気づくより早く、あっちゃあ、と伸伍が言ったのだった。

知ってる人？　と私は聞いた。違う、違う、と伸伍は笑った。あれもまあ、名物たい。東京にはあがん人はおらんやろうが……。

私たちはしばらくの間立ち止まって、カンフーマンの演技を見た。まるでカンフーマンが自分の兄か何かであるかのように困惑していた伸伍は、カンフーマンの動きや声に私が笑ったり感心したりすると、安心したようだった。そうして次第に自慢げにさえなっていく彼を、愛《いと》おしいと私は感じた。

足を止めて見ているのは私たちだけだった。だからカンフーマンも私たちを見ていて、一度ならず私はカンフーマンと目が合った。私たちがまだいるかどうかではなく、もういないことをたしかめたくて、カンフーマンはこちらを見ているようだった。奇矯《ききょう》な動きや発声とはむしろ真反対のものが彼の中にあることを、伸伍やこの町の人たちが気づいているように、あのときから私も悟っていたのだ。

「あ、こん先で停めてください」

と男が言ったのは、住宅街の中の路地だった。道の先には石段がある。

「ちょっと、待っとってください。すぐに戻りますけん」

男は車を降りると石段を駆け上がっていった。上のほうにも人家の灯《あか》りが見える。男の家があるのだろうか。何か持ってくるのか、ひょっとして誰かを連れてくるのか。警戒の目盛りが少し上がって、私はいつでも車を発進できるようにハンドルを握り直したが、間もなく男は手ぶらで戻ってきて、その後ろから石段を降りてくるのは、男と同じくらいの年配の女と、十三、四歳の女の子だった。


女と少女は、車までは来なかった。

石段の下で立ち止まり、女はすぐにでも駆け戻ろうとするようなそぶりを見せていた。

「それしきのことが、なしてできんとね？」

男が声を上げるのが聞こえ——怒鳴り声というほどではなかったが、私がこの日聞いた男の声の中では最も荒々しいものだった——、私は車を降りた。近づいていくと、女は少女を私から隠すようにその前に立ちふさがって、それから「あっ」と驚いた声を上げた。

「宝月堂《ほうげつどう》の若奥さんじゃなかね」

「宝月堂の？」

素性を言い当てられた私より、むしろ男のほうがぎょっとして私を振り返った。私は口を引き結んで突っ立っていたが、それが肯定の徴《しるし》だと男は受け取ったようだった。

「なおのことよか」

と男は言った。

「宝月堂の奥さんが、証明してくれるとよ。そんためにここまで一緒に来てもらったと」

「だから言うとるでしょう、そがん話は聞きたくもなか」

女は高い声を放った。

「こん人のほうから声をかけてきたとぞ。あなたはカンフーマンでしょうと。そがんですよね、奥さん？」

何が起きているのかわからず、私はあいかわらず黙り込んでいた。踝《くるぶし》までの灰色のスカートに青いトレーナーという姿で、寒いのかほかの理由でか両腕をしっかり自分の体に巻きつけている女が、男の妻であることはほぼ間違いなくて、とすれば少女はふたりの娘だろう。今、その少女は母親の後ろから出てきて、私を凝視している。

「言うてやってくれませんね。この俺《おい》こそがカンフーマンだと」

男にたたみかけられ、私は混乱した。私が連れてこられたのはこのためだったのか。なぜそんな必要があるのだろう。男に家族がいたというのは意外だったが、その家族に彼がカンフーマンであることを証明する意味は何なのか。そもそも彼女たちは知らなかったのか。

「何《なん》も聞きとうなかとよ」

女がさらに大きな声を出し、知っていたのだ、と私は気づいた。すると女は、私が気づいたことに気づいたように、私のほうへ向き直った。

「奥さん、帰ってもらえんね。どがんつもりでこんなところまで来《こ》らっさったか知らんばってん……」

女の声に押されたように、私の足は車のほうに向いた。男がはっきりと怒鳴り声を上げたのはそのときだった。

「乗れ、車に」

私にではなく、妻と娘に向かって怒鳴っているのだった。女が何か言いかけた。

「乗らんと、ここでやるぞ。カンフーマンを」

「どうかしとるとよ、あんたは……」

女はそう言いながら私を見た。あきらめの表情がその顔を覆いはじめていた。と、少女が車のほうへ走り出てきた。少女は請う顔で私を見て、それは父にここでカンフーマンをやられたくないからなのか、あるいは父のカンフーマンを見たいからなのか、わからなかったけれども私は運転席のドアを開けてしまった。カンフーマンとその家族は、私の車に乗り込んだ。


来た道を戻って私たちは浜に出た。

三月の夜にこんなところへ来るのはカップルくらいだ。その姿も今夜はなかった。観光ホテルの庭園灯の灯りがぼんやり届いている辺りに、なぜかバドミントンのラケットが一本だけ落ちている。

「化粧道具ば、持っとらっさんでしょうか」

私が車のエンジンを切ると、男が言った。私がとっさに返事ができずにいると、

「口紅だけでんよかとです。お願いします」

と男は懸命な様子になって続けた。

「妻は、どうでん認めようとせんのですよ……俺《おい》がカンフーマンやっちゅうことを。俺はですね、俺は……もう十五年も、カンフーマンばやっとるとですよ。こん人と一緒になって、すぐにこん娘が生まれて、そんときからのことです。妻は、ずうっとそっぽを向いと

ったとです。気づかんはずはなか。日曜日にカンフーマンが多満屋の前に出とる時間に、決まって俺は家を空けとるとだから……。妻は一回、娘は二回、俺がカンフーマンをやっとるところを見に来たこともある。そいでも、知らん、と言うとですよ。俺がカンフーマンだというのはでたらめやと。そもそも、話を聞こうともせん。俺はそいが、もうどうでんがまんできなくなったとです」

私はバッグの中を探った。化粧道具一式はトランクに置いたボストンバッグの中だが、口紅はこちらのポーチの中に一本入っている。

「貸したらいかん」

男の妻が、バックシートで甲高《かんだか》い声を上げた。

「こん人に口紅ば使わせたら、悪かことの起きよりますよ。カンフーマンというのはそういう毒を持っとる魔物ですばい。あなた……宝月堂の奥さん……むちゃくちゃになってしまいよるよ。そいでもよかとですか」

結局は男の妻のその言葉が、私を押した。私は男に口紅を差し出し、男はバックミラーを鏡にしてそれを使った。女は微かなうめき声を上げたが、それ以上夫を阻もうとはしなかった。娘がどんな顔をしているのか、私は振り返ってたしかめることができなかった。

それから私たちは車を降りて、男がカンフーマンになるのを見た。

私が再びひとりきりになったときには、午前一時に近かった――感覚の中のある部分では、カンフーマンやその家族とともにいた間も、私はずっとひとりだったのだが。

男がパフォーマンスを終えたあと、私は彼らを、再び彼らの家のそばまで送っていった。親切心からではなくて、この家族がこのあとどうなるか知りたかったのだ。だが、石段の下に着くまで誰も口を利かなかった。降りるときにカンフーマンが、「おおきに」と口紅を返してくれただけだった。

私はそれからまた市の中心部へ戻り、今は弓張岳を登っている。もう迷走は終わりだ。目的地は武藤の別荘。それ以外にない。だが、まだ迷走している気分が残っている。本当に行きたいのは武藤の別荘ではないのかもしれない。

いや、そんなことはない。私は思い直す。行きたいのは、武藤の別荘のほかにない。そのために私は出てきたのだから。武藤さんという人、覚えとるでしょう。私は夫にそう言ったのだから。リボンがかかった箱を開けてエルメスのバングルを取り出し、左手首に着けてみた、それから三十分も経たないうちに。私はあの人と付き合《お》うとるとよ。あの人を好いとると。この家におっても、あなたとおっても、何をしとっても、四六時中武藤さんのことばかり考えとるとよ。

私はカステラの匂いを思い出す。宝月堂の店舗と裏の工場の間には、坪庭を兼ねた細い通路があって、そこにはいつもカステラを焼く匂いが充満しているのだ。甘ったるく、卵の黄身の生臭さを含んだ、むっとする匂い。そうだ、あれが筆頭だと私は考える。

工場の上には二世帯の住居があって、義父と義母の住まいが二階、私たちには最上階の三階が与えられているが、匂いはそこにまで上ってくる。もう慣れてしまったが、ときどき不意打ちのように――まるで匂いが厚かましい男にかたちを変えて、ドアを開けてずかずかと入ってきたかのように――鼻につく。今夜、夫にいっさいを打ち明けているときもそうだった。その匂いの中で、「結生のことは、どう考えとるとね?」と伸伍は言った。そもそもめったに怒らない男だったが、九州弁に特有のやわらかさと湿り気は、怒っているときでさえ損なわれてはいなかった。九州弁。二番目はそれだ――自分がいつしかそれを話すようになったことも含めて。私が数え上げているのは理由だった。出ていく理由。がまんならないこと。もっともっと数え上げなければならない。娘を置いてきたことと釣り合うように。

もちろん私はすぐに気づく。そのふたつは、かつてはたしかに愛すべきものだった、ということに。でも私は怯まない。不思議だ、とだけ考えてみる。いったいいつから、どういうふうに、愛すべきものはがまんできないものになったのだろう。コップに水が溜まってとうとう溢《あふ》れた、というようなものであったとしても、最初の一滴はいったいどこからやってきたのか。

カンフーマン。彼に聞いてみるべきだった。彼がカンフーマンになった理由は知るよしもないが、最初、彼はそのことを決して家族には知られまいとしていたのだろう。だがいつからか、知ってほしいと思うようになった。それはいつからだったのだろう。彼の最初の一滴はどこからやってきたのだろう。それはどんな味がしたのだろう。

私はハンドルを切る。山道の途中には人家のほかにラブホテルがぽつぽつとあって、そのネオンサインが街灯よりもあかるく道路を照らしている。娘。私は結生ではなくカンフーマンの娘のことを考えることにする。私の口紅を唇だけでなく目の周りにも塗って、ひょおと一声叫んで、砂浜に飛び出していった父親を見つめていたかたい背中。今、異様なものとして私の脳裏に再現されるのは、カンフーマンのパフォーマンスよりもむしろ娘の背中のほうだ。微動だにしなかった背中。

ひどい話だ。もしも私がカンフーマンの妻だったとしても、父親のあんな姿は決して娘に見せたくないと思うだろう。そのひどいことに自分が荷担したということは棚上げして、私はカンフーマンを難じる。傷つくまいとしていたあの背中。――いや、そうだったのだろうか？　あの娘は傷ついただろうか？　わからない。でも、これからあの娘にはわかるだろう。カンフーマンにも。あの妻にも。今日の一件がどういうことだったのか。その意味が。なぜなら、あの三人はおそらくこれからもずっと一緒にいるからだ。わかるだけの年月を――すくなくとも、考えるだけの年月を、ともに過ごすからだ。あの少女のほうが結生よりもマシだ。ひどいのは、置き去りにされることだ。四歳かそこらで。

エンジン音の異変に私は気づいた。山道に入る前にスタンドに寄らなければならなかったのを、すっかり忘れていたのだ。どうにか路肩に寄せたが、そこで車は動かなくなった。私は笑う――本当に、声に出して「ははは」と笑ってしまった。カンフーマンの次は、エンスト。こんな夜中に、こんな山道で。神様はなすべきことをする、というわけか。

どうして自分がまず先にそれをするのかわからぬままに、私はバッグから口紅を出して、カンフーマンがさっきしたように、バックミラーを鏡にして、唇に塗った。そうして、バッグを肩にかけて車の外に出た。ボストンバッグは持ち出さなかった。明日取りに来ればいい。

別荘まで、車ならあと五分ほどという距離だった。歩いても三十分かからずに着くだろう。私は歩きはじめた。山道と言っても舗装された緩やかな登り道だ。たいしたことはない。神様も、誰も私を阻めない。

一歩、また一歩。私は着実に別荘に近づいていく。それを認識させるためのエンストだったのかもしれない。誰にでも自分だけの神様がいるのかもしれない。だとすれば、その神様は私の味方であるはずだ。また一歩。別荘に着いたら、鍵を回して、ドアを開いて、灯りをつけて、これまでにも何度も身を横たえた武藤のベッドで朝を待つ。朝と、武藤を。そこが私の目的地。――そがんね？　不意に私が私に質《ただ》す。すっかり我がものとなった九州弁で。あんたはほんなこつ、そがんあやふやなもんに自分の命運ば賭けるつもりでおるとね？

カンフーマンのパフォーマンスが浮かんでくる。というか私は、自分が今、山道を別荘に向かって歩いているのではなくて、カンフーマンのパフォーマンスをしているような感じがする。珍妙な化粧をし、派手なカンフースーツを着て、奇声を上げながら。私はまだ歩き続けている。一歩、また一歩。しかし次の一歩を踏み出すごとに、まだ間に合う、と考えるようになる。まだ戻れる。踵《きびす》を返しさえすれば、引き返せる。

私はよろめく。靴の紐が解《ほど》けたのを踏んだのだ。紐を結び直そうとして屈《かが》み込んだとき、バッグの中から口紅が道路に転がり落ちた。ポーチに戻さずそのままバッグに放り込んでおいたせいだ。私は口紅を追いかけて踏み出す。

それに手が届いた瞬間、ヘッドライトが私を照らし、女の悲鳴のような音が耳元で響いた。

2

住居から店へ至る通路の途中で、しわがれた男の声が聞こえた。お茶をもう一杯いただけんね。店に入ると、一角を仕切った茶室にあじさい亭の先代が座っていた。

「おじゃましとりますばい」

相手から先に声をかけられ、小堺《こさかい》伸伍は慌てて「おはようございます」と小腰を屈めた。あじさい亭の店主とは飲み友だちで、先代はその父親である。

「こないだの夜は塩梅《あんばい》ようございましたか」

「えっ？」

「晶《あき》さんの誕生日。機嫌よう過ごされましたか」

「ああ……それはもちろん」

三日前の夜、あじさい亭で食事をしたときのことを言っているのだとわかって、伸伍は慌てて言葉を探す。

「今年もいろいろ気を遣《つこ》てもろうて。嫁も娘も喜んどりました」

「お料理はどがんでしたか」

「いや、もう、なんもかんも旨《うも》うて……」

何か具体的な料理名を挙げるべきなのだ。そう思うが言葉が出てこなかった。あの夜食べたもののことは、妻の振る舞いや言葉とともに、例年よりもありありと思い出せるが、それらはすべて黒い沼の泥の中にある。

「ここへ掛けなさらんね。旨かですよ、お茶もお菓子も」

私が言うのもなんですがと先代は笑い、伸伍もどうにか笑いながら、どうぞごゆっくり、と返した。

「僕はこれから幼稚園のお迎えですけん」

「おや、めずらしか。晶さんはお加減でも悪かとね？」

「今、東京へ行っとるとですよ。大学のときの知り合いに不幸があって……」

「そがんですか。パパの張り切りどきたいね」

結生が通う幼稚園までは車で十分の距離だった。少し離れた場所にある駐車場に停めて歩き出すと、「こんにちはあ」と後ろから声がかかった。同じ園に通う男児の母親だ。

「よか陽気ですねえ、今日は」

そう言われて、自分が上着を脱いでいることに伸伍は気づく。暖かいというよりむしろ暑苦しく、うっすら汗をかいていることにも。

「結生ちゃんママはまだ東京？」

「なんか、のんびりしとるとですよ。葬式のあとは同窓会みたいなもんになっとるらしくて」

「うらやましか。ご主人がやさしいけん、のびのびできるとたいねえ」

伸伍はまた不自然に黙ってしまう。こちらの事情が知られているはずもなく、他意はないとわかっているのだが、目の前の女の口からも黒い泥が吐き出されてくるようで。

教会に隣接する薄水色の園舎から、園児たちが駆けだしてくる。結生もすぐにあらわれる――ふたつに分けて赤いイチゴの飾りがついたゴムでくくった髪を、ぴょんぴょん上下させながら。泥どころかこちらはダイアモンドだ。俺たちのダイアモンド。俺と晶との。

そうではなかったのか。この娘を置き去りにできるなどとはとうてい信じられないから、両親も含めて、まだ誰にも本当のことは言っていない。そうして自分自身も、晶の不在は友人の葬式に出るために東京へ行っているためなのだと、ときどき思い込みかけている。

あじさい亭へ行った夜、それこそ信じられないような言葉を吐き捨てて家を飛び出したのではなく、その翌朝に、申し訳ないけど二、三日お願いねと微笑《ほほえ》んで、空港へ向かったのだと。

結生は伸伍を見つけると一瞬、がっかりした表情になったが、昨日のように「ママはまだ帰ってきとらんと？」と聞きはしなかった。結局のところ、異常事態であるということは娘がいちばん感知しているのかもしれない。駐車場までの道を、結生は石畳を数えながら歩いた。ひとうつ。ふたあつ。みっつ。よっつ。幼い声に合わせて、伸伍も胸の中で唱えた。帰ってくる。帰ってこない。帰ってくる……。

そしておそらく結生同様に、店に戻るとそこに晶が立っていることをほとんど確信していたのだが、妻はいなかった。そのかわりのように先代がまだ茶室にいて、「ほんなこつおいしかねえ、ここのお菓子は。やめられんごとなってしもうた」と、結生に向かって笑いかけた。

結生を母親に預けると、伸伍は店に降りる前に自室に入った。

携帯電話を取り出して晶にかけた。出ていって以来ずっとそうであるように、電波が通じないところにいるというメッセージだけが応答する。

携帯を閉じるとすぐ、見たくないものが目に入ってしまう。ダイニングのテーブルの上のバングル。誕生日のプレゼントとして妻に贈ったものだ。あの夜、晶がリボンを解き、箱を開けたままになっている。リボンはバングルの横でくしゃくしゃになっている。晶は話しながらそれを執拗にまるめていたのだった。

今年の誕生日は奮発することに決めて、何がいいかとひと月ほど前から考えていた。こっそり女性誌を買い、車の中でめくりもしたのだった。エルメスのバングルを選んだあとは、店舗を調べ、寄り合いがあるという名目で博多まで出かけていった。

ママはこれを忘れとらすよ。朝になって母親の不在を知らされた結生は、伸伍が懸念したようにぐずったりはしなかったが、そう言った。きらきらしたものはお葬式には持って行かれんとたい。伸伍はそう答えた。それから、父娘ふたりで朝食をとるためにテーブルの片側に寄せられはしたが、それはずっとそこにある。見たくもないのだが、片付けるなりして視界から消し去ることは不吉な気がして、手を触れることができない。

伸伍は部屋から部屋へと歩きまわった。機会を見つけては晶の携帯にかけてみるのと同様に、そうすることの中毒になっている。しかし幾度歩きまわったところで、何も見つけることができない。

洗面所の棚に並んでいた晶の化粧品は、ほとんど持ち去られている。寝室のクローゼットを開ければ服を乱暴に引っ張り出した跡があり、抽斗《ひきだし》にも同様の余白がある。晶名義の預金通帳もなくなっている。

晶は計画していたわけではなかった。繰り返し考えてみたことを、また考える。晶は衝動的に荷造りしたのだ。俺に話をしてから旅行鞄を引っ張り出したのだし、荷造りの時間は五分ほどだった。だから戻ってくるのか？　それとも、これは戻ってこない徴なのか？　わからない。わからないということを、俺は考えるべきなのかもしれない。あなたはやさしいひとよ、とあの夜、晶は言った。やさしいだけのひとなのよ、と。

降りていくと和菓子のショーケースの前にふたり連れの客がいて、女店員が困ったような顔を向けてきたので、伸伍は応対を代わった。

「お店の中で、お菓子を食べられるって書いてあったんですけど」

観光客らしい。三十前後くらいのカップル。髪型も服装も洒落《しゃれ》のめしているふたり。「書いてあった」というのは、頼みもしないのに誰かが書き込むグルメサイトか何かだろう。

「茶室でお召し上がりいただけますが、先客がおられますので……」

ふたりはぐるりと首を回して茶室を見た。さっきからもう幾度もそうしているのだろうと伸伍は思う。茶室にはまだ先代が座っている。

「一日ひと組限定なんですか？」

男が言うと女がクスクス笑った。

「そういうわけでは……。相席でもよろしければご案内ばできますが」

「相席はいやだわ」

「もっと喫茶店みたいなコーナーがあると思ってたんだよね」

「すみません」

ごねる気なのかと思ったが、ふたりはあっさりと立ち去り、そうすると先ほどのクスクス笑いや、立ち去り際の目配せの感じの悪さに、がまんならないような気分になった。ばかどもが。吐き捨てるように呟いてしまい、ぎょっとした顔の女店員の視線をかわすように、伸伍は茶室に向かった。

「新しかお茶ば淹《い》れさせましょうか」

何杯目かの煎茶が入ったままの茶碗を見て、そう言った。腰を上げるきっかけを作ったつもりだったが、「おおきに」という返事があって、仕方なく伸伍は女店員にふたりぶんの茶を命じ、先代の向かいに掛けた。

「すっかり長居してしもうて」

「いやいや」

たしかに長すぎる滞在なのだ。この老人がふらりと店にやってくることはこれまでもあったが、こんなふうに茶室に居座ることはなかった。何かあったのだろうか。聞いてみるべきだろうか。伸伍はそう思いながら、

「諒太《りょうた》もなかなか貫禄がついてきよりましたね」

と、彼の息子のことを言った。

「諒太ね」

先代はそれきり反応しなかった。ふいに伸伍は、この老人は晶のことを何か知っているのではないかと思いついた。それを俺に話したがっているのではないのか。晶をどこかで見かけたとか。晶からの伝言を預かっているとか。

「カンフーマンは今、なんばしとるとやろか」

しかし先代の口からはそんな言葉が洩《も》れた。

「引退しよったとかいう話は聞きんさったね?」

「ああ……引退パレードの幟を立てて歩いとるところを見ましたばい」

その日の夜に晶は出ていったとですよ。伸伍は胸の中でそう言いながら、先代の顔をじっと見たが、老人の目はどこかあらぬほうを見ていた。

「あんひとは、月にいっぺんうちに来ていたとよ」

「ほんなこつですか」

「もちろんカンフーマンの格好じゃのうして、化粧もせんで、普通の男ものの服を着とらしたと。家族も一緒だったけん。注文を取る以外にはとくに話もせんだったばってん、うちの者《もん》たちもみんな、あんひとがカンフーマンだということはわかっとったとよ」

「家族がおらしたとですか」

「嫁さんと娘がひとり。あれはもう中学生くらいになっとったとやろうね。おとなしか食事やった——嫁さんがぽつぽつ喋るくらいで。決まって〝おすすめコース〟を注文すると。いちばん安かコースたい。大人がビールを一杯ずつと、娘がサイダーを飲むとやけど、そのあとはグラスワイン一杯頼まんと、水だけで黙々と食べとるとよ。もうずいぶん前のことになるけど、べつの席でお祝い事があって、シャンパンが店中にふるまわれたと。俺《おい》がグラスばふたつ持っていったとばってん、カンフーマンからえらい剣幕で突き返されたことのあったとよ」

いつの間にか運ばれてきていた茶に、伸伍は手を伸ばした。先代の話を聞き続けなければならない意味はもうさっぱりわからなくなり、ただ居心地の悪さだけが募ってくる。

「カンフーマンもカンフーをせんばただのおっさんたい」

先代がそう言ったとき、母親が結生を連れて降りてきた。じいちゃんのところにおいで、おいで。老人が猫撫《ねこな》で声で手招きするとふたりは茶室に入ってきて、入れ替わりに伸伍は立ち上がった。

「晶さんがまだ帰ってこんとですよ。それでこの子のご機嫌が悪うて……」

「ご機嫌の悪かひとの多かごたるね」

背中に、そんな会話が聞こえてくる。


あれは四月だったから、十一ヶ月前ということになる。

晶の東京時代の友人が仕事でこの町にやってきた。空き時間に久しぶりに会おうということになり、あじさい亭で設けられたその会食に伸伍も同席することになったのだった。先方もふたり連れだった。晶の友人の女性と、武藤圭介《けいすけ》という男。武藤は脚本家で、弓張岳に別荘を持っており、その暮らしぶりについての記事を書くのが女性の今回の仕事だった。伸伍は武藤の名前を知らなかったが、かつて編集の仕事をしていた晶のような者たちなら、ああ、あの映画の、と思い当たる程度には著名な男であるようで、だからこそ女性はわざわざ彼を連れてきたということらしかった。

いや、ここは旨いね。弓張の家を買ってからもう七、八年になるけど、この店のことは全然知らなかった。ついてきてよかったなあ。

武藤は伸伍よりふたつ下の三十六歳だった。晶よりは五つ上ということになる。背が高く痩せていて、キリストみたいな風貌の男だった。黒人の顔が描かれたピンク色のＴシャツに黒いジャケットを羽織り、色褪せたデニムを穿《は》いていた。

人懐こい男だった。無礼と思える発言もあったが、人懐こさのせいで何となく許せてしまう。ただそのことを、本人が誰よりよくわかっているような感じもした。いずれにしても伸伍は、彼を好きにもきらいにもならなかった。東京の脚本家というのはこういうものなのだろうと思ったし、どうせ今夜かぎり二度と会わない相手だろうと決め込んでいたからだ。

だからその翌々日に、武藤の別荘で開かれるパーティに夫婦で招待されたとき、応じようとは思わなかった。私ひとりで行ってもよか？　と晶が言ったのは意外だったが、武藤ではなく友人の女性に、あるいはそのパーティに集まるらしい「いろんな業種の、ちょっと面白い人たち」に会いたいのだろうと思った。晶は午後六時過ぎに出かけていき、午後九時になる前に帰ってきた。どうだったかと聞くと皮肉っぽく笑って、まあ、こんなものだろうと思ってた通りだった、と答えた。イントネーションが標準語に戻っていることに伸伍は気づいたが、だからどうだとも思わなかった。旨かもんば食うてきたとや？　うーん、まあね。そんな会話をして、その夜は終わったのだ。

それきりのことだと思っていた。

そのあと、夫婦の間で武藤の話が出ることはいっさいなかった。いっさいだ。今にして思えば、そのことを不自然に考えるべきだったのかもしれない。だが実際のところ、伸伍は武藤のことをきれいさっぱり忘れていた。疑念も懸念もまったくなかった。

「四六時中武藤さんのことばかり」晶はいつから考えるようになったのだろう？　ふたりの関係はいつからはじまったのだろう？　晶は映画を観るのが好きで、伸伍はそう熱心でもないので、観たい映画がかかっていればひとりで博多へ行くことが以前からあった。結婚とともにフリーエディターを辞めて、育児も店の手伝いも引き受けてくれている妻の、ささやかな息抜きとして伸伍が提供していた機会だが、その回数が少し増えたな、と感じることはあった。東京の友人や知人が突然やってきたとかで、今日しか会えないから、と出かけていく回数とともに。何をそんなに苛々《いらいら》しているんだ、と思うこともあったし、ぼんやりしている姿を見て、体の具合でも悪いんじゃないか、と心配になったこともあった。だがそれらはいずれも、何が起きていたのかわかった今だからこそ心の表面に浮かんでくるのだ。ようするに、晶はうまくやっていた、ということなのか。男に抱かれてきた体で家族と飯を食い、結生をあやし、そして俺の前で再び服を脱いだ、ということなのか。

「いらっしゃいませ」

入ってきた客に反射的にそう言ってから、それが先ほどのふたり連れであることに伸伍は気づいた。ふたりはショーケースには近づいてこず、中途半端な位置で立ち止まって、茶室を見、伸伍を見た。目が合うと揃ってにやにや笑う。

結生と母親はもう住居に上がっていたが、先代は依然として茶室にいた。そのことへの違和感はたしかにどんどん膨らんできていたが、それはそれとして、このふたりのふるまいはほとんどいやがらせではないのか。そうまでして茶室で菓子を食いたい理由があるとは思えない。カステラでもうぐいす餅でも買って帰って、ホテルなりその辺の公園でなり食えばいいではないか。

伸伍は無視を決め込んだが、それも難しくなってきて、「ちょっと、上で用事を済ませてくるけん」と女店員に言ってその場を離れた。通路の中ほどまで来たとき女店員が追いついてきて「若旦那さん、あのう」と心許《こころもと》なげな声をかけた。

「あのふたりが何か言うてきたら、インターフォンば鳴らしてくれればよか」

苛立ちながら伸伍が言うと、女店員はいっそう困惑した顔になった。

「あじさい亭さんに、お電話ばしてみましょうか」

「あじさい亭に？　なしてや？」

「先代さんのお迎えば、お願いしたほうがよかじゃなかでしょうか」

「子供じゃあるまいし、ひとりで来《こ》らっさったとなら、ひとりで帰れるたい」

「ばってん、朝からずうっとおられっとですよ」

「ずっとおって悪いことはなか。とにかく、何かあったら俺《おい》を呼べばよかけん」

乱暴な足音を立てて伸伍は階段を登っていった。抑えなければと思ったが抑えられなかった。自室に入るとまっすぐ寝室に向かった。ナイトテーブルの抽斗を開け、プラスチックのケースを取り出し、ベッドの上で逆さにした。中身はカード類で、ほとんどがショップカードだが、名刺も混じっている。

コートやジャケットをクリーニングに出すときに、ポケットの中に何か入っていれば、晶がここに入れておくのだった。あじさい亭で会った夜、武藤と名刺を交換したことを伸伍は覚えていた。どうでもいい相手だったから名刺はポケットにしまったままだったはずで、だとすればこの中にある可能性がある——晶が意図的に捨ててしまっていなければ。

それはあっさりと見つかった。たぶん晶は名刺の存在に気づいていなかったか、忘れてしまっていたのだろう。連絡方法は、個人的にやりとりしていたのだろうから。再び、床を蹴りつけたいような衝動に駆られながら、伸伍はそれを眺めた。ふたつの連絡先が記してあり、ひとつは東京のマンション、もうひとつが弓張岳の別荘のものだった。

伸伍はまず、東京のほうに電話をかけた。繋がったが、聞こえてきたのは「こちら武藤のオフィスです……」という留守番電話の応答だった。間を置かず、別荘の番号を押した。そうだ、晶は車で出ていったのだから、こちらにいる可能性のほうが高い。東京よりずっと近くても、俺には追ってこられないと高を括っているのだ、きっと。

「はい」

呼び出し音の八回目で、武藤が出た。

「小堺です」

そう言うほかにないのでそう言うと、

「は？」

と相手からも間が抜けたような応答がある。

「晶の夫ですたい。晶と話ばさせてほしか」

「うちにはいらっしゃってませんが……」

「なら、どこにおるとね？」

「知りませんよ。なんで僕が……」

「晶は、あんたのところへ行くと言うて出ていったとよ」

武藤は沈黙した。その沈黙で、晶がこの男と関係していたのは間違いないことだと思わせられた。息を吸い込むような音が聞こえた。

「僕と会うと、晶さんはあなたに言ったんですか？」

「今、そう言うたじゃなかね」

「しかし本当に来ていませんよ、彼女は」

「あんたを好いとってどうしようもなかと、妻は言うたとよ」

目的は晶を取り戻すことなのに、言い募るほど取り返しがつかなくなっていくような感じがした。武藤は再び沈黙した。晶はこいつのすぐ横にいるのではないか。次にどう答えればいいか武藤の耳に口を寄せて指示を出しているのではないか。伸伍は握りしめた拳《こぶし》を太股《ふともも》に押しつける。

「……晶さんがそちらを出られたのはいつですか」

武藤の声の調子が幾分変わっている。なんだ、このトーンは？　それまであったのとは別種の不安が芽生えるのを自覚しながら、「日曜日の夜」と伸伍はぶっきらぼうに答えた。

「日曜日？　それから帰ってないんですか？」

「だからあんたに電話をかけとるとよ」

「いや……ちょっと待ってください。本当に彼女はいないんです。正直に言いますが、会う約束はしていました。だが日曜日じゃない、月曜日の午後三時です。そして彼女は来なかったんです。これも本当です。携帯にかけてみたが繋がらなかった。ご主人もそれはおわかりですよね？　ずっと繋がりませんよね？　それで、僕も心配していたんです。今まではでは、そちらの家で何か突発事があったんだろうと考えてたんですが」

「何を戯言《ざれごと》ば……」

口から出た自分の声が宙に浮くような感じを伸伍は覚えた。武藤の言葉は嘘には聞こえないと、俺は思っているのではないか。だとしたら晶はどこにいるのか。何が起こっているのか。

下に降りると、茶室には誰もいなかった。

さっき帰られましたと。女店員が手柄でも報告するような口ぶりで言ったが、むしろ伸伍は不安感が強くなった。先代がずっと茶室にいたことにも、そして今いないことにも、晶の行方にかんして何かを示唆しているのではないかと。

「ちょっと出かけてくるけん」

伸伍は女店員にそう告げた。

「晶ば迎えに行ってくる」

口からこぼれるままそう続け、表に出た。

車のエンジンをかけたときには、行き先は決まっていた。武藤の別荘だ。あいつの言葉を信じてはだめだ。すくなくとも、そこで何かわかるはずだ。

走り出すとすぐに喉が渇いてきた。気がはやり、スピードを上げるほど、口中のひりつきは耐えがたいものになり、伸伍は街道筋のコンビニエンスストアの駐車場に車を入れた。

五百ミリリットルボトルのコーラを買って呷《あお》りながら店を出てきたとき、すぐ前に停まっていたボルボの窓が開き、「伸伍！」という声がかかった。

「ああ……」

諒太か、と思ったが、伸伍はそれきり思考が停止していた。あじさい亭の、先代の息子の諒太であると実質的に認識したのは、相手が「親父ば見かけんかったと？」と聞いたからだった。

「親父さん……うちにおられるったい」

「ほんなこつ？　おおきに」

慌ただしく迫《せ》り上がっていく窓ガラスに向かって、「あ、待たんね」と伸伍は慌てて言った。

「さっき帰られたとよ。朝からずっとうちの茶室におられたばってん……」

「さっき？　何時頃ね？」

「二十分か三十分くらい前やろか」

「どっちのほうへ行ったかわかるね？」

「いや……俺《おい》は見とらんとや。店の者《もん》に聞けばわかるかもしれん」

「わかった」

諒太はそう答えたが、今度は窓を閉めずに、疲れた顔で伸伍を見つめた。

「なんがあったとや？」

それで伸伍は、とうとうそう聞かざるをえなくなる。聞きたくない、と今こそはっきり思いながら。

「ぼけよったとたい」

疲れた顔のまま諒太はあっさりと答えた。ぼけとるもんね。反射的に伸伍は応じたが、諒太は首を振った。

「正月明けくらいから、様子がおかしゅうなってきたと。いろんな症状が次々に出てきよって、最近は徘徊癖《はいかいへき》ちゅうやつたい」

「散歩やろう、ただの。話しぶりもしっかりしとらしたし、おかしかところはなかったとぞ」

「まだ完全にぼけきってはおらんと。うちの者たちも最初はあまり口に出さんようにしとったとよ。こういうのはあれたい、真綿で首を絞められる、という具合にくるとたい。それが結構きつかとよ。いっぺん家族で話し合《お》うてみたら、ぼろぼろ出てきて、もうごまかせんごとなった。今日も昼に自分で客を呼んどってから、朝ふらりと出ていっていっちょん帰ってきよらん」

「今頃はもうあじさい亭に戻っとるとじゃなかね」

「家内から電話のなかけん……」

それで、どこを探すつもりなのか。そんじゃと片手を上げて、諒太は今度こそ窓を閉め、車を発進させた。自分がその場にぼんやり突っ立っていることに気づいて、伸伍は急いで車に戻った。


名刺の住所を入力したカーナビゲーションが、武藤の別荘をまっすぐに目指している。山道の途中で雨雲が広がってきて、まだ午後三時過ぎだというのに、辺りは夕方のように真っ暗になった。二階部分が空中に張り出す造りの、宇宙ステーションを思わせるその家の前に着いたときには土砂降りになっていた。

窓の多い家だったが、どの窓も真っ暗だった。俺との電話を切ったあと、脱兎とばかりに逃げ出したのか。その可能性にまるで思い至らなかった自分を伸伍は呪ったが、とにかくもう少し家に近づいてみようとしたとき、桜の巨木の陰にベンツの四駆が停まっていることに気がついた。

その横に駐車し、雨の中を駆けた。玄関のポーチまでの十メートル足らずの距離でぐっしょり濡れた。黒いガラスの表札に白い文字で「MUTOH」と刻まれている。字面《じづら》を見ているとあらためて怒りがふつふつと滾《たぎ》ってきた。何が起きているのかわからないが、晶がこいつに会いさえしなければよかったのだ。

呼び鈴のボタンに指を押しつける。離さずにずっと押し続けた。ドアの向こうに灯りが点り、それが開いた。ぬっとあらわれた武藤その男よりも、雨の匂いを押しのけるようなその家の空気の匂いのほうが、伸伍を揺らした。晶と武藤がともに浸かった風呂の湯を、無理矢理飲まされたような心地がした。武藤は仏頂面で伸伍を見下ろし、それからはっと気づいた顔になった。こいつは俺の顔を覚えていなかったんだ、と伸伍は思った。

「晶ば出してくれんね」

「だから、いませんよ、ここには」

武藤はうんざりしたように言った。皺《しわ》だらけの黒いシャツは腹の上のふたつしかボタンが留められておらず、ジーパンも一番上のボタンが外れている。くしゃくしゃの髪。

「晶と寝とったんか」

「ひとりで寝とったんですよ。心配だったものでね。不安になったときは寝ることにしてるんですよ、俺は」

「ごまかすな」

「家捜《やさが》しでも何でもすればいいでしょう。ほら」

武藤は体をずらし、家の中への通路を伸伍に示したが、伸伍は動かなかった。

「晶ば……晶ば出せと言うとるんだ」

俺は犬みたいだと思いながら伸伍は怒鳴った。自分が人間の言葉を喋っているような気はしなかった。要求するときには吠えるしか方法がない犬みたいだ。

3

かったるい連中との会食をすませ、二次会を断ってタクシーで帰宅する途中、武藤圭介は小さなバーの看板に目を留めた。

黒をバックに、あやしげなピンク色で浮かびあがる店名。数年前まで、ほとんど毎日のように通っていたバーだった。気に入りのバーテンダーがオーナーとケンカして辞めてしまってから足が遠のいていた。久しぶりに覗いてみたくなり、タクシーから降り、地下への階段を降りていった。

「あらまあ。お久しぶり」

辞めたバーテンダーと同じくゲイであるオーナーの横には、あのあとどのような変遷があったのか、見たことのない、まだ十代と言っても通じるような美形のバーテンダーがいて、トオルです、と自己紹介した。武藤はカウンターの席についた。ボックス席もある店で、そちらではグループの客たちが賑やかに飲んでいる。オーナーが酒を運び、ついでに油を売ってくるというのがこの店のスタイルなので、武藤はまずはトオルと向かい合うことになる。

「何屋さんですか?」

「当ててみな」

「カリスマ美容師」

武藤は笑って、脚本家だと明かした。初対面の相手に職業を聞かれたとき、以前のように自嘲《じちょう》気味に「便利屋」などとごまかすことはこの頃はもうなくなった。開き直ったというよりはどこかが磨耗したのだろうと思う。

「どうですか、最近は。何かいいことありましたか」

仕事についてしばらくやりとりしたあと、そつなく水を向けられて、

「いいこと、ないねえ」

と武藤は応じる。トオルはバーボンソーダをカウンターに滑らせた。店内の壁はギャラリーになっていて、今夜は女性器に似たモノクロームの蘭の写真が、ダウンライトの弱い灯りの下にひとつずつぼうっと浮かびあがっている。

「ふられちゃってさ、この前」

「あれれ。そうなんですか」

「そうなんだよ。別荘で逢い引きの約束してたんだけど、来なくてさ」

「相手、女性ですよね」

「女だよ。人妻だけど」

「あれれれ」

「何の話？」

オーナーが戻ってきたので、先月の出来事を武藤はあらためて話した——話してみると、自分がこの店に久しぶりに来たのは、話したかったせいなのだ、という気がしてきた。

……女が来ないで、かわりに亭主が来たんだよ。いくら俺でも、こんな脚本《ほん》は書かないよ

っていうようなべたな修羅場になっちまってさ。

「じゃあ行方不明ってことなんですか、その女《ひと》?」

「今頃は家に戻ってるんじゃないかなあ」

「連絡はないの?」

「全然。彼女の携帯ずっと繋がらなくてさ」

「ご亭主からも?」

「ないよ。女房が戻ってきたとして、俺にわざわざ知らせてこないだろうし」

「そりゃそうか」

「でも、どういうこと? 武藤ちゃんをすっぽかして、彼女、どこに行ったわけ?」

「俺、ダミーだったんじゃないかなあ」

「二股かけられてたってことですか。あ、ご亭主も入れると、三股か」

「やるわねえ」

「サイコロ振って決めてたんじゃないかな。今日はどっちの男にしようかなって。今まではたまたま俺の目が出てたのかもね」

二時間ほど飲んで店を出た。いい具合に酔っ払い、あらためてタクシーを拾って自宅に戻ると、めずらしくリビングの窓の灯りが点《つ》いていた。鍵を回してドアを開けると女ふたりの笑い声が聞こえ、ああそうか、昨日から義姉《あね》が来ていたんだったと思い出した。

「楽しそうだね」

リビングを覗き込むと、

「あなたもね」

と義姉が応じた。お帰りなさーい、と妻の麻理恵《まりえ》が笑いかける。まるで武藤と同じくらい酔っ払っているかのような陽気さだが、コーヒーテーブルの上に並んでいるのはクッキーやチョコレートを盛った皿と、ハーブティーのセットだ。四歳下の妻も、武藤と同い年の義姉も、体質的に受け付けないのでアルコールは嗜《たしな》まない。

「俺に用ない?」

「全然ない」

「じゃあ、先に寝ていいかな?」

「どうぞ、どうぞ」

笑い声に見送られて寝室に入った。実際のところ風呂に入るのも億劫《おっくう》で、すぐに寝るつもりでいたのだが、服を脱ぐ前に携帯電話を取り出した。

武藤の携帯に、晶の携帯の番号は「あき」という名前で登録されている。ほかに「さくら」「みゆき」「ともこ」「かおり」、「るり」もいれば「るりるり」もいるし、晶にはもちろん言っていないが「あき2」というのまでいて、女の名前の登録はプライベートと仕事を合わせて満載だから、妻に見られたとしても、べつにどうということもない。自分の夫はそういう男で、それ以上でも以下でもないと、麻理恵は信じているはずだ。実際のところ武藤自身にも、晶とのことにしてもそれ以前の恋人とのことにしても、妻を裏切っているという意識はほとんどなかった。

連絡はないの？　バーのオーナーの声を思い出す。連絡はない。そして自分のほうから晶の携帯にかけてみることも、もうしていない。弓張の別荘に晶の亭主が押しかけてきたあと、一度だけかけてみて、ああやっぱり繋がらないな、と思ってそれきりになっている。

さっきバーでは、ほかに男がいたんだろうという話をしたが、実際のところは、ビジネスホテルとか女友だちの家とかで、数日悩むなり迷うなりしたあとで、亭主の元へ戻ったんだろうと武藤は考えていた。今頃は元の鞘《さや》に収まっているのだろう。あるいは離婚協議が進んでいるところなのかもしれないが、どのみちもう俺には関係ない――いや、関係ないことはないかもしれないが、どうしようもない。こんなふうに終わることもあるわけだ。いつか脚本に使うかもしれない――たいして面白い話にはなるまいが。

武藤は寝転び、久しぶりに晶にかけてみた。やはり繋がらないということがわかると、手すさびのようにペニスを触った。晶がいなくなって以来、セックスしていなかった。妻とはもう五年くらい前からそういうことはなくなった。何となく間遠になった頃、そろそろやらないとまずいよな、と手を出したらやんわりと断られ、じゃあまあ、しなくていいかとそれきりになっている。風俗は趣味じゃないし、一回こっきりの関係というのは案外後々面倒があるものだし、そろそろ次の恋人を作らなければならない。

自慰が終わると、武藤は携帯電話を操作して、「あき」の番号を削除した。これで「あき2」が「あき」に昇格するわけだ。


翌朝、武藤が起床したときには、すでにダイニングからきゃあきゃあいう姉妹の声が聞こえていた。

「スペイン映画みたいだな」

アイランド型のキッチンでミキサーを回しているふたりを見て、武藤はそういう感想を述べた。あれはアルモドバルだったか。映画では女たちが作っていたのはガスパチョだったが、武藤の前に出てきたのは果物のミックスジュースだった。

「映画ではたしかガスパチョの中に睡眠薬を入れるんだ」

「スペイン映画」に姉妹はまるで反応しなかったので、ほとんど独り言のように武藤は呟いた。

「無味無臭の薬っていうのはどのくらいあるもんなのかね。案外これにも入ってたりしてな」

そこで義姉が振り返って「圭介さん、卵はスクランブルにする？　焼く？」と聞き、どちらもいらないと武藤は答えた。

南側に大きくとった窓から、四月の朝のふわふわした日差しがふんだんに入ってくる。アーコールの丸テーブルは、おかしな話だが義姉がそこにいると一回り大きくなったように感じられる。夫婦ふたりだけのときより、よほどたくさんのものが並んでいるのに。

武藤は新聞を読みながらコーヒーを飲んでいて（ミックスジュースは結局ひとくち飲んだきりだ）、妻と義姉はバゲットやら卵やらソーセージやらを旺盛に食べている。あいかわらず笑いさざめきながら。姉が来ると麻理恵の食欲は昂進《こうしん》するようだ。

この姉妹は武藤には異様に思えるほど仲がいい。義姉はずっと同棲していた男と一年ほど前に別れて、姉妹の郷里である仙台にひとり引っ越したのだが、以来、ひと月に一度くらいの頻度で泊まりがけでやってくるようになった。両親が県内にいくつか持っているアパートの管理を引き受けて、ほかに仕事はしていない。いいご身分だよなと武藤は思うが、小うるさいことを言わないさばさばした女だし、妻の相手を任せられるので、どちらかといえば歓迎している。

「九州の別荘ってまだあるの？」

そろそろ席を立とうかというときに、義姉が言った。

「あるよ」

武藤は答え、なりゆきで「そういえば百合加《ゆりか》さん、来たことないね」と続けた。

「私、そもそも九州って行ったことないのよ。一度行ってみたいな」

「じゃあ行ってくれれば？　麻理恵とふたりで」

武藤は妻のほうを見た。麻理恵は微笑み、そうね、しばらく行ってないし、と頷く。この数年、集中して仕事を片付けたいからという名目で武藤は別荘に出かけていたので、麻理恵が一緒に来る機会は少なかった。

「山の上にあるから、見晴らしよくて気持ちいいよ。街に降りれば旨い飯屋もあるし。ふたりで合宿みたいに遊んでくれれば」

なぜかどんどん言葉が出た。

「そんなこと言って、麻理恵が東京にいない間に悪いことするつもりなんじゃない？」

「ないない。それはない」

実際、その方面のことはまったく念頭になかったから、武藤は勢いよく首を振った。姉妹はケラケラと笑いながら、どうかしら、ちょっと否定しすぎな感じもするよね、などと言い合う。

「わかったよ。俺も一緒に行くよ」

「そうよ、そうしましょうよ」

「楽しそう」

結局そういうことになってしまった。


しかし考えてみたらやばいんじゃないのか。

地下鉄の中で武藤は思う。晶の亭主がこの前のように別荘を急襲してくることはもうないにしても、町中《まちなか》でばったり会う、という可能性はじゅうぶんある。麻理恵をあの町に連れていくのはまずいんじゃないか。

まあ、そのときはそのときか。

武藤はそう思い直す。この先ずっと麻理恵を別荘から遠ざけておくわけにもいかないのだから。仮にも老舗の和菓子屋の若旦那が、衆目の中で妻の愛人を罵倒《ばとう》したりはしないだろう。むしろあの亭主とそれに晶にとっても、今や俺は会いたくない生き物ナンバーワンなのではないか。真正面から歩いてきたとしても、きっと一度も目を合わせないだろう。

そうだ、きっと今頃晶と亭主は、何事もなかったことにするために健気《けなげ》な努力を尽くしている最中に違いない。だとしたら俺は喜んで協力しよう。何かつまらないジョークでも麻理恵の耳に囁《ささや》いて、注意をこちらに向けさせることにしよう。

代官山で降りて、大型書店で行われる友人の映画監督のトークショーに向かう。最前列に席が取ってあったのを辞退して、最後尾で武藤は見た。トークはひどいものだった。監督はともかくとして、相手役の男性アイドルの頭が悪すぎる。それでも土曜の午後三時という半端な時間に、会場がこれだけ賑わっているのは彼のおかげだろうし、彼のスクリーンデビューというプレミアがついて、すくなくとも初回は多くのファンが劇場に足を運ぶのだろう。

武藤がなぜここに来たかといえば、来たということを監督にアピールするために違いなかったが、トークショーが終わったときにはその気がまったく失《う》せていて、そそくさと出口に向かった。こうなるともう、誰に会うのも億劫な感じになってきて、パチンコでもしてから事務所に戻り、仕事をしようと考える。

「武藤さん！」

後ろから呼び止められて、悪事が見つかったような気分で振り向いた。見覚えはあるがどこの誰だったか思い出せない女だった。ライターの有田《ありた》です、M誌の取材で、別荘にお邪魔した……と言われ、ああどうも、といささかぎょっとしながら頷く。晶の友人だった女だ。

「その節はお世話になりました。あの数日はとっても楽しかったです」

「いや、こちらこそ」

俺と関係ができたことを、晶はこの女に喋っているだろうかと考えながら、武藤は入口でもらった映画の資料を、意味もなく左手から右手に持ち替えた。

「今日はおひとりですか?」

「うん、まあ」

「あのとき、〝あじさい亭〟で一緒に食事をした私の友人のこと、覚えていらっしゃいますか」

ふたりは人波の中を歩いていた。あとしばらくは横にそれる理由がない。うん、と武藤は答えた。

「あのあと、彼女から連絡とか、ありませんよね?」

「どういう意味?」

かまをかけるならもうちょっとうまくかけろ、という気分で武藤は聞いた。あ、すみません、いきなり。有田は慌てた口調になる。

「彼女、今、行方不明なんですよ」

「え。そうなの？」

間の抜けた返答になった。「今」っていつの今だ。「まだ」行方不明ということなのか。

「連絡はないけど」

時制を曖昧にして答えると、「ですよねえ」と有田は頷く。

「彼女、家出したらしいんです。ご主人、心当たりをしらみつぶしに探しているらしくて、私の携帯にも電話してきて。でも私、去年、九州で武藤さんとご一緒したとき以来彼女とは会ってないし、連絡もしてなかったので、何もわからないんですよ。ご主人の言い方からすると、どうも恋人がいたみたいなんだけど……」

「それ……」

いつの話かと、武藤は聞くつもりだった。やはりこの女の情報は古いのだと考えたのだ。晶の亭主は俺の別荘に押しかけ、そのあとこの女を含めたあちこちに電話をし、それから晶が帰ってきた、そういうことなんだろう、と。だが武藤の発声とほぼ同時に、「小倉《こくら》で車が」と有田が言った。

「え、車？」

「ええ、彼女の車だけが見つかったらしいんです。小倉のホームセンターの駐車場に、晶が家を出た翌日の朝から停まってたそうです。ずっとそのままだったから、店から連絡があったんでしょうね。車は今警察にあるそうです」

「警察。事件ってこと?」

「そうじゃないといいんですけど。晶がどんなにめちゃくちゃなことしてても、彼女の意思でやっててくれれば……」

「おいおい」

武藤は笑ってみたが有田は笑わなかった。その瞬間、この女は俺と晶とのことをすっかり知っていたに違いない、となぜかほとんど確信した。

「あ、私バスに乗るんで。ここで」

またご連絡しますとも言わずに有田はあっさりと離れていき、速すぎるんじゃないかと思うようなスピードでその背中はあっという間に見えなくなる。


妻と義姉は揃いの靴を履いている。

ラバー製のローファーで、妻が赤、義姉のが黄色。いったん別荘に着いてから、昼食と食材の仕入れのために車で街まで降りてきたのだが、アーケード街を三人で歩き出してすぐ、ブティックの店先にディスプレイされているのを麻理恵が見つけた。何色もある中から例によって姉妹で大騒ぎして選び、気に入ったからここで履き替えていこう、ということになった。

今日は日曜日で陽気もよく、昼下がりのアーケード街はかなりの人出だった。その中でも黄色と赤の靴はよく日立った。武藤はふたりの少し後ろから、靴を見ながら歩いた。そのうち周りの風景が消えて、靴だけが目に入るような心地になってきた。

ふらふらと落ち着きなく、じゃれ合うように歩いていく赤と黄色。それが静止したと思ったら、麻理恵が振り返った。ね、あそこで食べない？ 指さしているのはデパートの前の広場だった。周囲に軽食の店が出ている。

折よく空いたテーブルに着くことができ、これも女たちの言うままに、パニーニやらフィッシュフライやらを武藤は食べた。アコーディオンを弾く男がテーブルの間を歩いている。もの悲しいようなこの曲は何だったかと武藤はしばし考え、ジャン＝ポール・ベルモントが殺し屋の役で主演した「ラ・スクムーン」のテーマ曲だと思い出した。ずいぶん洒落た選曲じゃないか。そうするうちにアコーディオン弾きはこちらのテーブルのそばにもやってきて、にやにや笑いながら武藤の顔を覗き込み、これじゃまるで「ヴェニスに死す」のワンシーンだと武藤は思う。去り際にウィンクまでしてみせて、麻理恵と義姉が手を叩いて笑う。

以前ここで、カンフースーツを着た男が珍妙な演舞を繰り広げていたことがあった。ちょっと見ているのがつらくなるようなパフォーマンスだったよと晶に話すと、ああ、あの人は町の名物なのよと教えられた。日曜日の景色なのだと。今日も日曜日だ。名物男はどうなったのだろう。どうしてみんな当たり前みたいな顔でアコーディオン弾きを眺めているのだろう。

「知ってる人?」

義姉に聞かれて、武藤は自分が見知らぬ女を目で追っていたことに気がついた。いや、いい脚だと思ってさ、とごまかして笑わせたが、実際のところは、晶の姿を探していたのだった。ばかげている。こんなところで見つかるのなら、とっくに見つかっているはずだ。

乗り捨てられていた車。

やはりそのことがずっと頭にある。武藤は、白っぽく乾いたビーチを思い浮かべてみる。これも映画によって蓄えられた風景だ。スリルとサスペンスとラブロマンスの末に大金といい女をゲットした主人公が、高飛びするような場所。腰にパレオを巻きつけて小さな傘を突き刺したピナコラーダかなんか飲む場所。「どんなにめちゃくちゃなことしてても、彼女の意思でやっててくれれば……」と有田は言ったが、そうだとすれば、ビーチじゃなくてマンションの一室かもしれないが、まあ似たような場所で晶は楽しくやっているに違いない。男と一緒に。

そう思おうとするが、しかしもちろん、そうじゃない可能性もある。警察はそっちを調べているのだろう。ビーチじゃなくて事件。だがその先は武藤の意思によって黒く塗りつぶされている。こういうのは想像しないほうがいい。験《げん》が悪い。

どこまでが俺のせいかな。

かわりに武藤はそう考える。たとえばあの日、俺が晶と約束していなければ、彼女は家を出なかったのかもしれなくて、行方不明にもならなかったのではないか、と。いや違う。彼女が家を出たのは、約束の日の前日だった。あの日俺はまだ東京にいたのだ。晶があの日家を出たのは、俺に会うためではなかったはずだ。

いや、それも違う。晶は亭主に、俺とのことをぶちまけてから出ていったのだ。どうしたって俺はかかわっている。いや、待て。俺への言及は方便だったのかもしれないじゃないか。俺は利用されたんだ——もしかしたら、最初から利用するつもりで俺と付き合いはじめたのかもしれないじゃないか。ああ面倒くさい。ようするに晶と関係しなければよかったのだ。パーティで再会したとき聞き出した携帯の番号に、後日酔っ払ってかけてみたりしなければよかったのだ。そういうことだ。

今夜は貝や海老の燻製を食わせられるらしい。

吹き抜けが多く壁が少ない開放的な間取りのせいで、茶葉が焦げる匂いは二階の武藤の書斎にも立ちこめていて、自分が燻《いぶ》されているような気分になってくる。

少し仕事をするつもりでパソコンを立ち上げたが、気がつくとまた晶のことを考えていた。晶。面倒ごとはごめんだが、もちろんきらいではなかった。多少飽きかけてはいたが、まだ別れようとは思っていなかった。

武藤は小さい女が好みだった。もちろん小さいなりにバランスが取れていることが肝心で、その点でも晶は妻の麻理恵と同じく条件にかなっていた。たぶん体重は同じくらいなのだが、妻は何となくふわふわしていて、一方、晶はかたく引き締まった感触があった。顔の造作は麻理恵のほうが華やかだが、目も鼻も口も正しい場所に静かに収まっているという感じの晶の顔も悪くなかった。やりたくないのに毎学期学級委員を押しつけられる中学生の少女みたいな印象の顔。

紐を引っ張ってみたらするするとほどけるように、武藤の手中に落ちた。拍子抜けするほど簡単に寝ることになったのだが、その簡単さには何か罠のような、易々《やすやす》と引っかかってしまったのは武藤自身のほうであるようなちょっと気味悪い感じがあって、最初の頃はそれが魅力にもなっていた。

武藤はちょっと笑う。はじめて寝たのはこの部屋の、この椅子の上だった。書斎が見てみたいと言うから連れてきて、椅子に座ってみたいと言うから座らせて、後ろから抱きしめたら抵抗しなかった。体を入れ替え、武藤が椅子に座って彼女を膝の上にのせたとき、スカートの下に手を差し入れてびっくりした。下着を着けていなかったからだ。願をかけたの、というのが晶の説明だった。今日、武藤さんとこうなれますようにって、願をかけたの、と。そのあと何回か会ったあとで、あれで引かれちゃうかと思ったけど、案外大丈夫だったね、と言っていた。あのときも少しこわい気がしたものだった。

パソコンは自動的にスリープモードに入っていて、真っ暗になったディスプレイに、自分の顔が映っている。なんだかなと、武藤はその顔に向かって呟く。行方不明とわかったとたん、懐かしがっているのか。それも験が悪いことだ。晶が無事に見つかることを祈って、いっそ俺もパンツを脱ぐか。

「圭ちゃーん」

麻理恵が呼ぶ声がする。魚介の燻製だと、今夜は白ワインか。結局仕事はできなかったなと思いながら武藤は立ち上がった。

「圭ちゃーん、電話。警察の人だって」

妻の声はそう続いた。

東京へ戻ってきた翌日に、武藤は再びあのバーへ行った。

この日は事務所を出たあと、べつの店でひとりで飲んでいた。酔っ払ったらこのバーへ行きたくなった。バーに寄るために酔っ払ったようでもあった。

午後十時を回っていたが、その夜店内は閑散としていた。壁の蘭の写真は樹脂製のオブジェに変わっていた。馬、牛、鼠? よくわからないが、様々な動物のスカル。カウンターの端にぽつんと座っていた先客は、以前この店でたまに会った男だった。武藤は角の席に座った。どうですか、最近はと、その男が聞いた。

「俺さ、容疑者になっちゃった」

「マジですか」

「こないだ話した行方不明の女、車だけ見つかったらしくてさ」

武藤はカウンターの中のトオルとオーナーにも聞こえるように、事の次第を説明した。……小倉のホームセンターの駐車場に何日も停まってたんだって。事件の可能性ありってことで、警察が俺のところにも調べに来てさ。

「血痕でも見つかったの?」

オーナーが聞き、武藤は首を振る。

「そういう形跡はいっさいないらしいんだけど。ただ停めて、降りた。そういうふうにしか見えないって。でも、本人が運転してたのかどうかはわからないんだよ。バッグとか携帯とか、そういうのは何も残ってなかった。ホームセンターの入口のカメラも調べたんだけど、晶らしい女は映ってなかったって」

アキっていうんだ？　カウンターの男に言われ、ああ、まあねと武藤は頷く。名前を出したことに自分で気づいていなかった。

「まあ容疑者っていうのは盛ったんだけど。彼女が失踪《しっそう》した日に、俺、東京にいたからさ」

「任意同行とか、そういうのあったの？」

「いや、別荘の玄関先で質問に答えただけ。またご協力をお願いするかもしれませんなんて言っていたけど、結局それきりだな」

「ていうかそれ、奥さんにはどう説明したんですか」

それを聞いたのもカウンターの男だった。べつにどうってことないよ。武藤はグラスに残っていたバーボンソーダを空ける。

「俺、別荘でたまにパーティみたいなことするからさ。そこに来てた女が失踪したらしいんだよって説明で納得したよ。こわーい、なんて言ってたけど。まあ呑気で幸せな女だからさ」

「幸せなんですか」

トオルが笑い、なんだよその笑いかた、と武藤が言おうとしたとき、ドアが開き、入ってきたのは辞めたバーテンダーだった。

「あら。イタリアに永住するんじゃなかったの」

「飽きたから帰ってきた」

「イタリアなんて嘘でしょ」

「俺がいないだけで、どうしてこうもダサい店になるかねえ」

辞めた男は大きな動作で店を見回し、ついでのように、以前とはうって変わった顔つきで武藤のことも見た。


早々にバーを引き上げたので、帰宅したのはいつもより早い時間だった。

しかし点いているのは玄関の灯りだけだった。義姉は九州からまっすぐ仙台に帰ったので、麻理恵は従来通りの早寝に戻ったのだろう。

武藤はキッチンで水を飲み、ついでに顔も洗った。キッチンタオルで顔を拭き、鼻歌を歌いながら二階に上がった。

寝室のドアに手をかけた一瞬、妻はいないのではないか、という思いが過《よぎ》った。今朝、俺を事務所に送り出したあと、麻理恵もふらりと出かけて、どこかでぷつりと消息を絶ったのではないか。

　しかしそんな空想をしている間も、鼻歌は歌い続けていた。先日来ずっと耳に残っている、「ラ・スクムーン」のテーマ（歌詞はないのでハミングだ）。そしてドアを開けると、もちろん妻はいた。セックスレスになってからもふたりはちゃんとダブルベッドで同衾《どうきん》しているのだが、その左側で上掛けにくるまっている。

　武藤はハミングの音量を幾分大きくしながら妻に近づいた。傍らに腰掛け、枕と腕の間に埋もれている妻の顔に自分の顔を近づけ、僅《わず》かに見える頬を鼻先で撫でた。そうして、妻が寝たふりをしていることに気がついた。

　もう何夜も何夜も、俺が帰ってきたときに麻理恵は寝たふりをしていたのだ。そのことに武藤は気づいた――というより、そのことを自分がとっくに知っていたことに気づいた。

　ハミングはまだやめなかった。妻への欲情はまったく感じなかったが、犬のように妻の匂いを嗅いだ。麻理恵が身じろぎして、いっそう深く枕に顔を埋《うず》める。どうあっても寝たふりを続けるつもりらしい。そんなふうにしたら息ができないだろう。

　この女はへんだ。武藤は思う。姉と仲が良すぎるのもへんだし、いい年をして姉妹でお揃いの靴を履くのもへんだし、それが赤と黄色だというのも、俺を疑わないことも、別荘に警察の人間が訪ねてきたのに、燻製を作り続けていたのもへんだ。俺の適当な説明を聞いただけで、自分からは質問ひとつしないこともへんだ。

立ち上がり、ハミングを続けながら、そのことを武藤は考えた。これもまたとっくに気づいていたことだった。そしてそれとほとんど同じ比重で、晶は今頃どこにいるんだろう、と考えた。

4

知っている女だと伸伍は思った。

女は駐車場を横切ってこちらに向かって歩いてきていて、伸伍のほうは母親が寒いと言うので、車の中に置いてきた彼女のストールを取りに戻ろうとしているところだった。すれ違うとき伸伍は軽く会釈《えしゃく》をした。店に何回か来た客だと思ったのだ。しかし女は首をまっすぐにしたまま通りすぎた。不自然な態度に感じられ、知っている、という思いは逆に強くなった。

両親、娘の結生とともに揃って会館に入るとすぐに、こちらははっきりとした顔なじみであるあじさい亭の従業員が近づいてきて、一家を受付へ案内した。そのまま先導されて、遺族席に最も近い、会葬者席の最前列に着いた。

「あじさい亭のおじいさんがあそこにおるとよ」

結生が指さす。あじさい亭先代の遺影は、市長をはじめ土地の名士たちからの花に埋もれて快活に笑っている。十年くらい前のものだろうか。

「なしてあがん写真の飾ってあると？」

しーっと、伸伍は娘の唇に指を当てた。

「みんながおじいさんのことを忘れてしまわんごと、ああして写真を飾っておくとよ」

「あじさい亭のおじいさんは死なさったとやろ？」

「そうたい」

「死なさったとに、なしてあがん笑《わろ》うてる写真を飾っておくとやろか」

「元気なときの顔ば、結生やみんなに覚えておいてもらいたかとよ」

先代は脳梗塞《のうこうそく》でぽっくり死んだ。施設に入ったという話が伝わってきてから間もなくのことだった。朝、職員が部屋を訪れたときにはもう事切れていたらしい。

結生が口を閉ざしたあとも――仲伍の説明に納得したというより、父親との会話に倦《う》んだというふうだったが――、仲伍は遺影に据えた視線をしばらくの間動かせなかった。今の娘との会話に、会葬者全員が耳を澄ませていて、言外の意味をあれこれ推量しているのではないかという気がして。

それからそっと遺族席のほうを窺うと、喪主である諒太がこちらを見ていて、薄く微笑んでみせた。ほっとしている顔だ、と仲伍は思う。先代の死については、施設に入っていたことや家族が誰ひとり死に目に会えなかったことをあれこれ言う者もいるが、とにかく先代は間違いなく死んだのだから。

どんな不幸に見舞われた者でも自分よりはマシだ、という思いに今日もまた仲伍はとらわれる。なぜならそれらは、決定した不幸だからだ。

女のことを、仲伍はまた考える。

まずまずの大きさの石鯛《いしだい》を釣り針から外してバケツに放したとき、背後のフェリーターミナルの入口に立っている女を見て、あっと思ったのだった。

いったん海のほうに体を戻してから、あらためて振り返ると、女の姿はなかった。いや、あの女ではなかったのだろう、と考える。誰を見てもあの女に見えてしまうのだ。

「なんね？」

諒太が聞く。宝月堂の定休日である日曜日、あじさい亭は営業中だが、諒太のほうからふらりと誘いに来て、突堤で釣りをしている。

「いや……」

「人ひとり亡《の》うなると、日が長《なご》うなるごたるね」

諒太は伸びをしたあと独り言のように呟き、それから、しまったという顔になった。それで伸伍のほうはなぜか、女のことを話してみたくなった。

「この頃、どこでん同じ女の姿が見えるとよ」

諒太がゆっくりと首を回して伸伍を見る。その表情を見て、違う、違うと伸伍は言った。

「晶のことを言うとるんじゃなか。幻じゃなくて……たぶん現実の女たい」

「たぶんっちゃなんね？」

「行く先々で見かけるから、誰も彼もその女に見えるような塩梅になっとると」

「きれか（きれいな）女ね？」

「いや。ふつう。若くもない」

ほおーんという声を発して、諒太は笑った。それから何か言うのかと伸伍は待ったが、諒太は釣り糸を放っただけで黙ってしまう。

「先代さんの葬式にも来とったとよ」

「何人ぐらい？」

諒太は混ぜ返したが、伸伍は笑わなかった。意地でもこの話を続けたい、という気分が募ってくる。

「あじさい亭のなじみ客かもしらん」

「なじみ客もそうでない客も、大勢詰めかけよったからなあ。誰が来とらしたかようわからん」

「五十くらいで、頬骨の張っとって、髪を後ろで括っとって……」

「わからんなあ」

伸伍も釣り糸を海に投げた。すると何かを一緒に投げ捨てたような心地になって「欲求不満かもしらんな」という言葉がぽろりと出た。

「なんば言うとるとや」

諒太はまた笑う。そして続く言葉はやはりない。釣りに誘うことはできてもかける言葉は持ち合わせていないのだと伸伍は思う。諒太にかぎらない、誰も彼もがそうなのだ。

「やっぱり幻の女やろか」

「そんならもう少し艶《つや》っぽい女があらわれるとやなかね」

諒太は言い、それから少し間を置いて、

「もう、一年か」

とぼそっと言った。

「ほい、ほい」

伸伍は意味もなく釣り竿を揺らした。腫《は》れ物に触るように扱われれば反発したくなるのに、失踪した妻のことを相手のほうから言われれば聞こえないふりをしたくなる。


正確には一年と二十二日だ。

それは晶が家を出てからの月日で、小倉で彼女の車が見つかった日から数えると、今日で一年と十六日が経ったことになる。

まるで何か目標でもあるかのように、日数を数えるのをやめることができない。一日が加算されるたびに、そのぶん取り返しがつかなくなっていくという思いが募るのに。一年は長くて短かった。どこか知らない言葉の通じない国、あるいは監獄に閉じ込められてしまったという感覚はまだ消えない。

車が発見された、しかもそれが一週間近く放置されていたということで、警察の態度は幾分変わった。武藤も参考人として取り調べられることになった。しかし結局のところどうにもならなかった。

ホームセンターといっても昔からある荒物屋が自称しているだけのような――というのは担当刑事の弁だった――小さな店だったので、駐車場には監視カメラが設置されていなかった。万引き防止のために店の入口にはひとつあり、それには晶は映っていなかった。車が駐車されていたのは三月十五日の朝からだったという店員の証言がある。

その時間、武藤圭介はまだ東京にいた。彼が乗った飛行機が長崎空港に着いたのが十五日の正午過ぎ、それから彼はタクシーで市内に入り、ラーメンを食べてから再びタクシーを拾って別荘へ向かった。そこまでの行動は裏が取れている。別荘に着いたのが午後二時半頃。三時に晶が来ることになっていたが来なかった。五時まで待ったが、五時半に別件の約束があったので別荘を出た。五時半から翌日の午前二時過ぎまで、彼はずっと複数の人間とともにいた。別荘に帰ったのは午前三時。その後、いくつかの用件をこなしながら六日間滞在し、二十日の午後の便で帰京――。武藤の供述には信憑性《しんぴょうせい》があり、その行動に不審なところはない、というのが警察の見解だった。

誰が小倉まで車を運転していったのか。武藤ではないなら、晶自身ということになるのか。だがなぜ、なんのためにホームセンターで車を乗り捨てたのか。

小倉から電車でこの町まで戻って、武藤に会ったのかもしれない。晶が来なかったという三月十五日の三時から五時の間かその日の深夜に、本当はふたりは会っていたのかもしれない。それは伸伍が刑事に言ったことだった。その可能性もないとは言えません、でもそうする理由が説明できません、と刑事は言った。奥さんに、武藤圭介ではない男性がいたということはありませんか。刑事はことさらに事務的な口調になってそう聞いた。伸伍は黙って首を振った。武藤圭介も捨てられたのかもしれませんよ。刑事は言った。小倉に本命の男性がいたのかもしれない。奥さんは今その男性と一緒にいるか、でなければその男性が何か知っているのかもしれません。伸伍は首を振り続けた。

何か思い出したことがあったら連絡してください。最終的に、刑事は言った。それは事実上の、捜査の終了宣言だった。だがむろん伸伍は、それ以後も考え続けている。いくつもの可能性が浮かび、アミダクジのように筋書きが組み立てられては破棄される。晶だったらどうするか。妻の行動としてどのようなものがあり得るか。考えるほどにわからなくなる。

その可能性はありませんか、と刑事は言った。「その」というのは、晶が複数の愛人を持つような女ではなかったかという意味だ。そんな女ではなかった。しかし断言はできない。そもそも妻は、男を作るような女ではなかったはずなのだから。べつの人間になってしまった女の心の中など想像しようもない。そのうえその女の夫であった自分自身のことさえ、曖昧になってくるようなのだから。

桜がちょうど満開になっている。

幼稚園の門まであと三メートルという辺りで、結生はぱっと伸伍の手を離して駆けだしていき、まるで誰かに突き飛ばされでもしたかのように、伸伍は思わずよろめいた。

出迎える先生におはようございます、と挨拶をして、結生はすたすたと園内に入っていく。となればもう自分の役目は終わりなのだが、伸伍は門まで歩き、娘の姿を追った。今日は始業式なのだが、式場となる体育館の扉はまだ開いておらず、運動場で団子状になっている園児たちの中に結生も自然に吸い込まれていく。おはよう、ゆきちゃん。おはよう、ケンくん。ドラムを叩くような手の動きを誰かがはじめ、何人かに続いて結生もそうする。ダッダッダッ、ダッダッダッ。あれも結生の声だ。

何か表情が乏しいような気がするが、そう見えるのは自分だけかもしれないと伸伍は思う。昨夜、結生は九時前に布団に入り、零時を回った頃、泣きながら起きてきた。ママが死んだ、ママが死んだとしばらくの間泣き叫び続けた。母親が失踪した直後はむしろほとんど動揺がないように見えたのに、数ヶ月前から一週間に二度くらい、それが起こるようになった。しかし昼間は泣かない。母親のことなど忘れたように、これまで通りに笑ったり喋ったり食べたり遊んだりしている。

誰か――あるいは何か――が結生の体を借りて、俺に教えているのかもしれんなと、仲伍は思う。何も起きていないように昼間は過ごして、夜だけ泣けと。あるいは、一年という月日で宥《なだ》められるものなど何もないと。

妻であり母でもあった女が失踪し、しかもそれが男がらみであり、事件の可能性までが浮上した場合、泣いたり怒ったり平静を装ったりするほかにもするべきことはある。ちょうど去年の今頃、仲伍は園長に頼んで、先生と保護者への説明会を開いた。「ご都合がよろしければ」と控えめに参加者を募ったが、ほぼ全園児の保護者が体育館に揃ったのは、目下ちらほらと噂になりつつある「宝月堂人妻失踪事件」への好奇心からだったのだろう。

「妻が三月十四日に家を出まして、それきり戻っておりません」

折りたたみ椅子に腰掛けて見上げる園児の母親や父親や、あるいはその両方に向かって、仲伍はそう話し出した。武藤のことには触れず、「ただの家出ではないと思う」こと、「警察も捜査をはじめている」ことだけを明かした。

「……正直なところ、私にも何が何やらまったくわかっておりません。妻がどこにいるのか、何が起きたのか……。悪いことばかり考えてしまいますが、その一方で、今夜にでもひょっこり戻ってくるような気もいたします。実際その可能性もあると思っています。娘には、母親は東京の病院に入っていると説明しております。うつる病気なので、ある程度良くなるまでは見舞いにも行けない、と話しています。どこまで理解しているかわかりませんが、いちおうそれで結生は納得しているようです。ついてはまことに身勝手なお願いではありますが、この園内でもその説明で統一していただければと思います。結生の母親はむずかしい病気にかかって、今、東京の病院で治療中であると。むろん、親のほうから話題にする必要はないですが、もしもお子さんに結生の母親について何か聞かれたら、今私が言ったようにお答えいただきたく、お願いする次第でございます」

午後三時、柿色の日差しが灯り取りの窓から差し込んで、保護者たちの頭の上に格子状の模様を作っていた。全員が俯《うつむ》いていたが、伸伍のほうは何か開き直った気分で、その模様を見下ろしていた。

ご質問があれば何なりとお答えいたしますけん。ふっと使い慣れた言葉に戻ってそう言うと、しばらくの間のあとで、後ろのほうにいた女がぱっと顔を上げた。どうぞと促すとばね仕掛けのように立ち上がり、「あのですね、もし……」と言った。もし？　伸伍は声に出さずに問い返し、続きを待った。自分がこれから言おうとしていることが伸伍の顔に書いてあるとでもいうように、女は伸伍を見つめたが、「いえ、すみません、やっぱりいいです」とぼそぼそ言って腰を下ろした。それきり質問者も発言者もあらわれず、「ではそういうことでよろしくお願いいたします」という園長のひと言だけで散会となった。

なんね？　「もし」なんだというんね？　仲伍は今も胸の中で女に問う。ときどき、誰かを猛烈に憎みたくなることがあり、それが晶でも武藤でもない場合は、あのときの質問者になった。もし、奥さんが二度と戻って来《こ》らっさんだったら、どがんするとでしょうか。もし、いろんなことが全部わかって、そいでも奥さんが戻って来らっさんだったときには、子供たちにどがん説明ばすればよかとでしょうか。質問者の言葉の先を、そんなふうに想像しながら。

そがん嘘ば吐《つ》いて、子供をいつまでごまかせるものやろうか。質問者というよりあの場にいた、園長や先生も含めての全員の声として、そういう言葉が脳内に聞こえてくることもあったが、そんなときには仲伍は、嘘とはかぎらん、と考えた。晶は本当に病気だったのかもしれん。むずかしい、不治の病で、誰にも迷惑がかからないように姿を消したのかもしれない。今頃は本当に東京の病院にいて、一縷《いちる》の望みをかけて辛い治療に堪えているか、あるいは海のそばのホスピスのような場所で最後のときを静かに待っているのかもしれない。小倉で病状が悪化し、あらかじめ頼んでいた看護師が迎えに来たのかもしれない。

死にゆく妻を想像しているにもかかわらず、それは甘美なストーリーだった。この頃よく見かけるあの女は、看護師なのかもしれない。さらに仲伍はそう考えてみる。晶の失踪は家族を愛しているが故だったのだとどうしても俺たちに伝えずにはいられなくなって、独断でここまで来たのかもしれない。しかし晶の気持ちを汲《く》むと、伝えることが正しいのかどうか確信が持てぬまま、俺の行く先々をさまよっているのかもしれない。

「あっ」

その女をまた見かけたのは、幼稚園からの帰り道だった。背が高く頰骨が張っていて髪を後ろでぞんざいに括った女が、神社の入口であきらかにずっとこちらを見ていたのに、視線が合うと踵を返して逃げるように鳥居をくぐった。

伸伍は女を追いかけた。周囲には送りの保護者たちが何人もいたが、かまうものかという気分で「ちょっと」と大きな声を女の背中に向かって放った。びくりとして足を止め、振り返った女を見て、やっぱりそうだ、と確信する。

「何か、俺《おい》に用のあるとやなかですか」

女は首を振ったが、もしまったく身に覚えがないのならそんなふうな首の振りかたはしないだろうと伸伍は思った。

「ずっと俺のあとを追うとるとやなかですか。話があるなら聞かせてほしか」

こちらを凝視したまま女が何も答えないので、「妻のことですか」と伸伍は言った。すると女はくるりと背中を向けた。ほとんど全速力と言っていい勢いで逃げていく女の背中を、伸伍は呆然と見送った。

どんな妄想をしたところで、動かせない事実もある。

ひとつ、武藤と晶は関係があったのだ。晶が自分で告白したし、武藤もそれを認めたと刑事が言った。晶は武藤とセックスしていた。刑事は詳しく言わなかったが、失踪までの彼女の行動から推測すれば、おそらくは月に一度か二度のペースで。武藤の別荘の、武藤のベッドで。

ふたつ、そうして、晶は自分の意思で出ていったのだ。俺や結生を捨てるのは彼女が決めたことだった。捨てようとして捨て、出ていこうとして出ていったのだ——そのあと何が起きたにしても。だから俺は呆れたり怒ったり憎んだりしてもいいが、悲しむ必要はないんじゃないか？　伸伍はそう考えてみる——悲しみに溺れそうになるときに。

それは不意に地面が揺れるように、ぐらりと伸伍を襲う。脈絡なく、まったく油断しているときに。今もそうだった。夜九時少し前、夕食後にはじめたレゴブロックでお城らしきものを延々作り続けている娘を、もう寝かせなければと思いながらぼんやり眺めていたら悲しくなった。

「そろそろお片付けばしようか」

声をかけたが、結生は顔も上げない。白いブロックで作った箱のようなものに、黄色い人形のようなものを押し込むことに熱中している。

「もうお布団に入らんば、明日起きらんぞ」

「ここは奴隷《どれい》の部屋たい」

人形が入らないので、白い箱を壊しながら結生は言う。

「こいはキャッホンカの人たい」

黄色い人形を結生は伸伍のほうに近づけてみせる。

「奴隷は石を運んだり、よそのお城の兵隊と闘ったりするとよ。用のないときは、この部屋に鎖で繋がれとると」

結生は壊した壁から黄色い人形を箱の中へねじ込む。乱暴にそうするので、頭に見える部分のブロックが外れてしまう。結生はそれを拾うと、チャッと舌を鳴らして箱の中に放り込む。さっきまで胸を満たしていた霧のような悲しみが、もっとかたくて鋭い、ごつごつした岩のようなものにかたちを変えていくのを伸伍は感じる。

キャッホンカは間違いなく脚本家のことだろう。武藤圭介の職業にほかならないその名称を、いつ、誰が結生の耳に吹き込んだのか。それとも、娘の舌打ちを今はじめて聞いたことを思い悩むべきなのか。

今年いっぱいで無《の》うなるらしかよと毎年のように言われながら、あいかわらず細々と営業している市場の中を、結生の手を引いて伸伍は歩く。

畳んでしまった店も多く、場内のあちこちが歯抜けになっている。小さな頃から通い慣れた場所なのに、消えてしまうとそこにどんな店が出ていたのかなかなか思い出すことができない。数メートル行き過ぎたあとで、ああそうか、いつもスボ蒲鉾《かまぼこ》を買っていたあの店がなくなったのだというふうに気がついて、そのたびにどうしてこんなにと思うほどのいやな感じの衝撃がある。

晶と連れだって、この市場へは何度も来た。結婚前は観光案内として、結婚後は買い物のお供で。今、買い物客がぽつぽつとしかいない場内のどこかに、晶がいるような気がする。実際のところ、海産物や乾物とともに噂も売り買いしているようなこの場所をわざわざ訪れるのはそのためだ。角を曲がると豆腐屋の店先で、チューブ入りの豆乳をその場で飲むために栓を切ってもらっているところかもしれない。あるいは歯抜けの暗がりにしゃがみ込んでいて、伸伍と結生が通りかかると悪戯《いたずら》っぽい微笑みを浮かべてゆらりと立ち上がるかもしれない。

スボ蒲鉾はべつの店で買い、母親から頼まれていた昆布とカレイの干物を買い、結生の好物の茹《ゆ》で卵入りの天ぷら（さつま揚げ）を買おうとしたらその店もなくなっていた。結生が泣き出す。それこそどうしてそんなにという勢いで、市場の通路の真ん中で地団駄を踏んで泣き叫び、帰ろうと言って引っ張っても動こうとしない。泣き声に頭の中を侵食されるようで、伸伍は一瞬、放心した。視界の隅に、こちらを窺っている売り子たちの顔が見える。そういえば市場を歩いても、奥さんは戻ってきなさったとですかと、戻っていないことは承知で目をきらきらさせながら聞かれることも最近はなくなったなと脈絡なく考える。

「どこのお嬢さんかね、こがん大きか声で泣きよらすとは……」

朗らかな声がかかって、伸伍ははっとして振り向いた。立っていたのは槙原《まきはら》だった。晶の捜査を担当していた刑事だ。

「そがん泣いたら、体じゅうの水が流れ出してしもうて、いっぺんに皺くちゃのおばあさんになってしまうとよ。ほら、ここんとこにもう皺のできとる。はよう水気ばとらんば」

槙原は人差し指で結生の額を突くと、もう片方の手に持っていた豆乳のチューブを差し出した。結生は気を呑まれたように泣き止《や》んでそれを受け取り、「栓の切ってなか」と伸伍に見せた。伸伍はその部分を歯で切ってやった――昔、晶によくそうしてやったように。

「お店に寄ったら、こちらだとうかがって来たとですよ」

「なんかわかったとですか」

「いや、いや……」

仲伍の語気をよけるように槙原は片手を上げた。

「最後にご挨拶をと思いまして……」

「最後？」

「警察を辞めることになりました」

槙原がゆっくり歩き出したので、仲伍も結生の手を引いて続いた。市場の外ではなく奥へ向かって、刑事は歩いていく。大柄な、柔道選手のような印象の男だった。

「隠岐島《おきのしま》へ行くとですよ」

「はあ」

「くたびれましてね。あれやこれやに」

そのくたびれたことには俺の妻のことも入っているのかと思いながら、仲伍は「隠岐島ではなんばされるっとですか」と聞いた。漁師ですたいと槙原は答えた。

「地引き網ば曳《ひ》きます。ずぶの素人《しろうと》ですばってん、体力だけは自信のありますけんなんとかなるやろと思うとります。なんとかならんだったら女房に殺されますもんね」

仲伍は黙っていた。結生の歩みが遅くなり、ほとんど引きずられるように歩いている。

もう帰りたいのだろう、俺も同じだと思う。何を言いたくて、あるいは何を言ってもらいたくてこの男はここまで来たのか。元々晶の件では途中で担当刑事の変更があり、ふたり目がこの男だった。それまでの刑事よりもずっと親身な、人間味のある対応をしてくれると思っていたが、結局のところ彼も他人事《ひとごと》だったというわけか。

「結局、どうもならんっちゅうことですか。妻のことは……」

思ったままにそう言うと、槙原はまた片手を顔の前にかざした。

「新しい担当がおります。今日、連れてくるつもりだったとですが、別件で出かけとりましたので」

「ご親切に、どうも」

嫌みっぽくそう言って、伸伍は踵を返そうとした。

「そういえば、武藤圭介の別荘が売りに出されていることばご存知でしたか」

再び朗らかな口調に戻って槙原がそう言った。えっ。伸伍は振り向く。一瞬、結生の手を強く引いたので、結生はたたらを踏んで豆乳のチューブを落とした。

「警察のほうから売却を差し止めるようなアレには、ならんだったですもんね」

チューブを拾い上げながら槙原は、あくまであかるい口調で言った。

「まあ武藤としては売ってしまいたくもなるとやろうね。五千九百八十万だそうです。どがんですか、宝月堂の夏の保養所としてでも買いなさったら……」

晶の失踪後、武藤に会ったことは三回あった。

一度目はむろん、別荘まで押しかけていったときだ。あとは町中で見かけた。妻らしき女とアーケード街を歩いているところを見たのが一回、携帯電話をかけながら市場の横の坂道を降りてくるところに行き逢ったのが一回。妻と一緒のときには彼は伸伍に気づかなかったが、坂道のときは五メートルほど離れた地点からお互いに気づいてすれ違う塩梅になった。そのとき、じっと相手の顔を睨《にら》みつけていた自分に対して、武藤はちらちらとこちらを窺いながら素知らぬふうに通話を続け、笑い声すらたてていたことが忘れられない。

女性関係はさかんな男のようですね。武藤について、刑事は——槙原ではない、前任の刑事だったが——そんなふうに言った。会う約束はしていたがそれ以上の約束はしていない、と言うとります。会うというのはまあ、ああいう男の場合、そういう意味なんでしょうが。むろん奥さんと関係があるのは間違いなかですが、失踪には無関係やと思いますよ。いや、勘ですがね……ああいう男は、痴情のもつれでどうこうというふうにはまずならん。そもそも痴情がもつれんふうにやるとですよ、武藤のような男は。

市場で槙原と会った翌日、結生を幼稚園に送ると、伸伍はとって返して弓張岳に向かった。警察経由で返還されて以来、ずっとガレージで埃《ほこり》をかぶっていた、晶の水色のフォルクスワーゲンに乗ってきたのは、どうしてだか自分でもわからない。誰かを待たせているわけでもなく、別荘が逃げるわけでもないのに、一度ならずひやりとしたほどのスピードで山道を登っていく。博多で映画を観ているとばかり思っていた時間に、晶はこの車でいったい何度この道を往復したのか。

別荘の前には、信じられないことに十数人がうろついていた。知っている顔はいなかったが、車から出てきた伸伍を無遠慮にじろじろ見る者もいた。新聞に出たわけではないが、宝月堂を訪れたことがあれば、伸伍の顔を覚えもするのだろう。勝手にしろという気分で伸伍は建物に向かって歩いていく。一年前、雨の中をそうしたときを思い出しながら。

「中には入れないみたいですよ」

ピンク色のポシェットを首から下げた若い女が、まるで知り合いのように声をかけてきた。同じ年格好の連れの女ともたれ合うようにして立っている。

「不動産屋さんと一緒じゃないとだめなんですって」

伸伍はかたちばかり頷いて女たちから離れた。背中に「五千九百八十万円ってありえなくないですかあ?」という声がかかる。なんなんだ、なんで誰も彼もが俺を痛めつけにかかるんだ、と伸伍は思う。もう一年が過ぎたというのに。

意味もなく家の横手に曲がったとき、向こうから歩いてきた人物と鉢合わせしそうになった。あっ。伸伍は大きな声を上げる。それはあの女だったからだ。あんた、なんね？いったいなんだというんね？　女への関心が瞬間、わけのわからない怒りにがらりと変わって、伸伍はほとんど怒鳴り声になる。

「三月十四日に、奥さんに会《お》うたとですよ」

女はふるえる声で言った。

「えっ？」

「うちの人と奥さんは、埠頭のそばのカフェで会うたとですよ。あの水色の車に乗って、うちの人が奥さんを連れてきたとです。それからまた海のほうへ下って、あの人はカンフーマンばやって、奥さんはうちたちを家のそばまで送ってくださったとです。でも、うちが知っとうとはそこまで。奥さんはひとりで行ってしもうたと」

「ちょっと……ちょっと待ってください」

まるで手元のメモでも読み上げるように早口でまくし立てる女を、伸伍もまた、ふるえる声で遮る。

「カンフーマン？　カンフーマンと晶は会っとったとですか」

「だから、偶然。そいはまったくの偶然ですたい。あの日、奥さんがうちたちと一緒におったとはほんの二時間ほどやったとだから。わざわざ知らせる必要はなかと、うちの人は言うたとよ。そいでも、知らせれば何か役に立つこともあるかもしらんけん、うちは……」

女の言っていることはまるでわからない。すくなくとも、伸伍が知りたいことはわからなかった。

「晶はどこへ行ったとですか」

だから伸伍はそう聞いた。女は首を振った。

「弓張に行くと言っていたのを、うちの人が聞いたらしか。そいでもそれを見たわけじゃなかとですよ。奥さんとはうちの前で別れたとだから」

「弓張。弓張に行くと晶は言うたとですか」

一年前の三月十四日、もしも弓張岳に晶が登っていったなら、やはり武藤が関係していることになるのではないか。知りたいという強い思いとともに、やはりこの女は看護師などではなかったのだという失望がある。まだ首を振っている女を、伸伍は凝視する。そうすれば、首の動きが止まるとでもいうように。そして気がつく——一年経った今、自分が心のどこかで、微かに、しかし間違いなく妻の死を願っているということに。

5

明洞《ミョンドン》のブティックの軒先には、民族調の布をアレンジして作られたアクセサリーが細々と並べられている。

武藤圭介はそれらをじっと見下ろした。まったく関心がなかったにもかかわらず、なぜかひとつひとつ熱心に眺めた。連れの女は今、その中のひとつを買うために店に入っていったところだ。たいした金額ではなかったが、買ってやるよと武藤が言うより早く、さっさとひとりで金を払いに行くようなところが好ましかった。女はまだたったの二十二歳、駆け出しの女優で、女優としてものにはなるまいと武藤は思っていたが、見場はそれなりに良かった。

ふたりきりの韓国旅行の、二泊三日の今日は初日だった。妻には、次作の取材のためのひとり旅だと説明した。ちょうど同じ時期に向こうに行くってやつらがいるから、飯くらい付き合うかもしれないけどね。そう補足した。女とふたりでいるところを誰かに目撃されたときのために（そしてまたそういうことをまったく躊躇《ちゅうちょ》なく、嬉しげに妻に教えてくれるやつというのがこの世には存在するから）、予防線を張ったわけだが、あれはよけいだったな、と武藤は考える——房飾りの携帯ストラップを、意味もなく摘まみ上げてみたりしながら。妻から問い質されたときにはじめて、ああそのことか、というふうに、少し面倒くさそうに説明するべきだったのだ。といって実際のところ、ご主人は明洞を若い女性と並んで歩いていましたよと誰かから言われたとしても、妻は問い質したりはしないだろうが。

それなら俺は何をぐずぐず考えているんだろう？　武藤は携帯ストラップを陳列台に戻し、ハンガーに掛かったTシャツのほうへ移動しながら、さらに考える。そこからは店の中がよく見える。レジのところで女は店員と何か喋っていて（何語で喋ってるんだ？）、くるりとこちらを向き、目が合うと笑う。下手になったんだ。片手を上げて笑い返したあと、武藤はつい声に出してそう呟く。そうだ、そのことだ。俺は最近、嘘を吐くのが前ほどうまくなくなったんだ。妻に嘘を吐かないことが重要なんじゃない、上手な嘘を吐いてやることが重要なのに。

「ごめんなさい、おまたせ」

女――未来《みく》という名前だ――が出てきて、まるでクリスマスプレゼントみたいに仰々しく包装されたものを掲げてみせる。普段は若い娘らしく軽い調子で喋り、はすっぱな物言いもするのに、こういうとき「ごめん」じゃなくて「ごめんなさい」というところもいいよな、と武藤は思う。和歌山の生まれということ以上にまだあまりよく知らないが、きっと育ちがいいんだろう。

「猿のTシャツ、買ってやろうか」

武藤は目についた一着をハンガーラックから取り出してみせた。

「猿っていうか、おさるのジョージね」

「ほしい？」

「ほしくない」

笑い合い、歩き出す。未来は武藤にとっては久しぶりの恋人――晶が失踪して以来、しばらく続きそうに思えるはじめての女だった。

九月半ば、韓国の残暑は東京ほどは厳しくなく、過ごしやすい。

昼食をとるために、武藤が事前に調べておいた参鶏湯《サムゲタン》の店にふたりは入った。喫茶店のような構えの店内の、街を見下ろす二階席で向かい合う。

「ホテル、どんなとこ？」

「俺もはじめて行くんだけど、梨花洞《イファドン》のオシャレなところらしいよ」

詳しい人間に丸投げして調べてもらったのだが、とにかく今回の旅はすべて武藤がアレンジしていた。それも未来への熱意のあらわれだ。

「梨花洞、嬉しいなあ。前に友だちと来たときはなんか歌舞伎町みたいなとこに泊まったから」

「俺はどこでもいいけどね。未来と泊まれるなら」

臆面もない科白《セリフ》を吐くと、未来はやれやれという顔で笑う。武藤も照れて、次に言うべき言葉を探していると、携帯電話が鳴り出した。

「悪い、ちょっと」

ディスプレイを見て、立ち上がる。階段の踊り場まで降りて五分ほど話した。席に戻るとちょうど銘々の参鶏湯が運ばれてきたところだった。

「すっげえ。ひとりに鶏一羽入ってんの？」

「ねー、すごいね」

しばらく黙って食べることに没頭した。そろそろ何か言うべきだよなと武藤は考える。

「旨いな」でも「あっついな」でもいいから。そして言おうとしたとき、

「何かあったの？」

と未来が聞いた。

「え？　いや。なんで？」

「なんか、元気なくなっちゃったから。電話のあと」

「いやいやいや」

武藤は大仰に首を振った。

「数字の話だったから、咀嚼《そしゃく》するのに時間がかかってさ」

「数字？　視聴率とか、そういう話？」

「いや、金の話」

ああ、というふうに頷いて、未来は食べることに戻った。これ以上は聞くべきではないと判断したのだろう。なんとなく、金の話で表情を暗くしている男に――暗くなっているつもりはなかったのだが――失望したようにも見える。武藤は迷った。いや迷うことじゃないだろう、と思い、「九州に別荘があったんだけどさ」と言った。

「それが売れたって話だったんだよ。不動産屋から」

「ふうん」

未来は武藤の表情を測るように見ながら、

「売っちゃったの？　どうして？」

と聞いた。

「うん……なんか飽きたっていうか。あんまり行かなくなったし、そうなると維持費もばかばかしくてさ」

しまった、と武藤は思う。こう言ってしまったら、もう失踪事件のことは話せない。いや、もちろん話す必要もないのだが、話したほうがいろいろなことがうまくいくような気もするのだ。

「私なんか、別荘っていうだけで憧れちゃうけど」

「じゃあ売れた金でどこかにひと部屋買おうか。俺たちの隠れ家」

「はいはい」

はしゃぐ子供をいなすように未来は応じ、なんだよ、信じないのかよと武藤は返したが、その言いかたもどこか上調子に響いてしまう。間違った道を歩いているような感触のせいだと思い、やっぱり晶のことを打ち明けるべきだった、と武藤はもう一度考えながら、とろりとしたスープの中に蓮華《れんげ》を沈み込ませる。

「ふつうのスープと、エゴマのスープっていうのがあってさ」

お茶漬けをかき込みながら、武藤は言う。

羽田空港に着いたのは午後五時だったが、それから未来と新橋で飲んだので、家に戻ったのは日付が変わる頃になった。かなり酔っ払ってもいる。

「ふつうのは日本でも食えるよなと思って、エゴマにしてみたんだ。これが大失敗でさ」

テーブルの向かい側には妻が座っている。武藤の茶碗に注《つ》いだお茶を自分も飲み、傍らにはクッキーの小皿を置いて。直径四センチほどのクッキーが四枚ある、ということが少なからぬプレッシャーになっている。四枚分の時間、夫に付き合うつもりらしいということが。

「エゴマって知ってた？ 食ったことある？」

「私はけっこう好きよ。茗荷《みようが》とか香菜《シアンツアイ》が苦手なひとには無理かもね」

麻理恵は面白そうに言って、クッキーの端を少しだけ囓《かじ》る。パジャマ姿だが、武藤が帰宅したときめずらしくまだベッドに入っていなかった。めずらしいことだったからちょっと動揺して、ついお茶漬けを所望してしまった。失敗した、と武藤は思う。さっさと寝ちまえばよかった。

「そのうえひとりに鶏一羽入ってるんだよ。小さい鶏だけど、一羽だぜ？ あれは拷問だったな。連れてきてくれた相手が、おいしいでしょうおいしいでしょうって繰り返すもんだから、残すわけにいかなくてさ」

そのくらいにしておけ。武藤は心の中で自分に言う。わざわざあやういところに近づこうとしているのがわかる。しかしなぜかやめることができない。

「ばったり会ったときに、いやな予感がしたんだよな」

「そのひと、韓国に詳しいの?」

「仕事っていうよりプライベートでしょっちゅう来てるんだよ。ヨン様のおっかけだから」

「あら。向こうで会ったひとって女性だったの」

「女性じゃないよ。おばさんだよ」

「ひどい。サイテー」

「いや年齢じゃなくて、観念的なおばさんってことだよ。麻理恵はいくつになってもぜったいに俺はおばさんなんて呼ばないよ」

「どうかしら」

妻は肩をすくめた。その様子は「はいはい」と言ったときの未来を思い出させて、何やってんだ俺は、と武藤は思う。お茶漬けの残りを啜《すす》り込み、立ち上がりかけたとき、

「そういえば警察のひとから電話があったわよ」

と麻理恵は言った。え？　と武藤は思わず眉を寄せる。

「なんだ、今度は？」

というか、なぜ妻はそんな大事なことをついでみたいに今言うのか。

「失踪事件のことで、新しくわかったことがあるから、あらためて話を聞きたいって」

「あーもう、しつっけえな」

武藤は乱暴に吐き捨てたが、今度はわざとではなかった。すでに一年と数ヶ月が経過しているのに、まだ煩わされなければならないのか。俺にかんする捜査はもう終わったのではなかったのか。別荘を売りに出すことができるようになったのも、「証拠物件」とは見なされないという決定によるものだったはずだ。

「明日また電話するって」

そう言って妻が先に立ち上がろうとすると、引き止めたい気分に武藤は駆られた。

「ちょっと待って。座ってくれないか」

微かに煩わしげな表情で麻理恵は座り直した。この女は俺以上にこの話題がきらいらしい。ずっと感じていたことをあらためて思い、そうするとなぜか「正直に言うよ」という言葉が口から出た。

「失踪したっていう女……小堺晶。俺さ、ちょっとだけ付き合ってたんだ」

そこで言葉を切って反応を見たが、妻は黙って見つめ返しているだけだった。なんで告白しちまうのかなと思いながら、告白したらどうなるのか知りたい気持ちが膨らんでいる。修正。その言葉を武藤は思いつく。そうだ俺は修正したいんだ。

「いや、たいしたことじゃないんだ。本気じゃなかったんだ、俺も、あっちもさ。老舗の和菓子屋の若奥さんで、暇もてあましてて、手当たり次第だったんだ。それで俺もちょっと引っかかってしまったというかさ」

ひどいことを言っていると武藤は思う。だが実際のところ真実かもしれないとも思う。手当たり次第だったから失踪したんだという説を採用したがっている。俺もあっちも本気じゃなかったというのも。

「まあ、そんなことだろうと思ってたわ」

やれやれという顔で——あるいは「はいはい」といなすように——麻理恵はそう言った。ごめん。本当にごめん。武藤は頭を深く下げ、額がテーブルにつく。俺は酔ってるな。そう思うのと同時に、

「あなた、酔ってるのね」

と妻が言う。

「酔ってないよ。いや、酔ってるけど、言ってることは本当だよ」

「だから本当だっていうのはわかってるってば」

麻理恵は、ちょっと笑う。

「いいのよ。遊びだったし、もう終わったんでしょう？　終わってないにしたって、そのひといなくなっちゃったんだもの、どうにもならないし、私はもういいわ」

麻理恵はニッコリと笑い、立ち上がった。


一週間後に、武藤は九州へ行った。

不動産屋、それに警察の人間に会うためだったが、未来を誘って連れてきた。どうしても一緒に来たい気がしたのだが、ふたりで長崎空港に降り立った瞬間から、なんで連れてきたんだろうと後悔している。

「そういえば韓国の空港はキムチの匂いがするってよく言うけど、したっけ？」

「いや」

上の空で答えてから、愛想がなさすぎたと思い、「長崎空港はカステラの匂いだな」と武藤は付け足した。

「ないない。それはない」

未来がケラケラと笑ったのでほっとする。長崎空港はカステラの匂いだと言ったのは晶だった。東京に帰省して戻ってきたときなど、この匂いに迎えられてうんざりするのだと。

ホテルにチェックインしたあと、武藤はひとりで警察署へ向かった。未来に本当のことを言おうかどうしようか今回も迷った末に、不動産屋へ行ってくる、ということにした。実際には別荘の買い手と会うのは明日だったが、明日は明日で、書類に不備があったとかなんとか理由をつけて出かければいいだろう。この町ははじめてだという未来は、待っている間ぶらついているというので、武藤の用件が終わったら電話することにした。

「どうも。ご足労をおかけしまして」

受付で待たされていた武藤のところにあらわれた刑事は電話をかけてきた男だったが、会うのははじめてだった。前に担当だった男は退職したとのことだった。今度の刑事は、前任者の息子と言ってもおかしくないくらい若い。ダークブルーの細身のスーツにストライプのシャツ、シルバーのネクタイまで締めていて、銀行員のような風体だ。

以前と同じ小部屋に通された。スチールの机の両側に折りたたみ椅子と青いビロードを張った木の椅子とがあるのも同じだったが、若い男は自分がビロードのほうに掛けた。新情報というのは、晶は家を出た夜に「カンフーマン」とその家族たちと一緒だったということ、別れ際に、弓張岳に行くと言っていたということだった。

「あなたはカンフーマンを知っていましたか」

「一度見たことはあると思います。デパートの前で踊ってるところを」

「小堺晶さんは、カンフーマンを知っている様子でしたか」

「町の名物だと教えてくれましたが、個人的な繋がりはなかったと思います」

あの夜の行動をもう一度話してほしいと言われ、うんざりしながら武藤は話した。都内のホテルで行われた出版記念パーティに出て、三次会まで付き合っていたことを。嘘偽りのない事実だったが、奇妙なことに繰り返し話しているとすべては自分の作り話であるような気分になってきた。「ほら、これ」と、パーティの途中で晶へ送った写メを刑事に見せた。ばかげたドレスを着た女をこっそり撮った写真と、「帰りてー」というひと言。あ、はい。すでに捜査資料の中でそのことは知っていたのか、刑事は気のない返事をしたが、久しぶりにそのメールを開いてみたことで、武藤は胸がズキンとした。帰りてー。このメールを打ったとき、俺は晶が愛しく、ひどく会いたかったのだ、という気がした。

「疑わしいというんなら俺じゃなくてそのカンフーマンとかいうひとでしょう」

「しかし彼には動機がないんですよ」

刑事はこの地方の訛《なま》りのない言葉で喋った。受付でもらった名刺は一瞥《いちべつ》してすぐにポケットに入れてしまったが、たしか高柳とかいう名前だったなと武藤は考える。高藤だったかもしれない。何となく刑事の名前は覚えたくない。

「変質者かもしれないでしょう。本人じゃなく女房が知らせてきたというのも逆にあやしいじゃないですか」

「いや、あのひとは……」

刑事は言いかけた言葉を飲み込み、

「まあ、変質者にやられたという線もありますがね」

と言った。

「やられた？」

「いや、小堺晶さんの失踪に、変質者がかかわっている可能性、と言いますか」

「あなた、なんて名前だっけ」

武藤は若い男の、銀縁眼鏡の奥の目を捉えて不躾《ぶしつけ》に聞いた。高槻《たかつき》ですという答えを聞いて少し笑う。

「高槻さんは、小堺晶さんがもう死んでいると考えてるんですか」

「可能性はゼロではないでしょうね。小さな子を置いてきてるんですよ。もしも本人の意思で姿をくらましているのだとしたら、一年以上も経って会いに来ることも、電話の一本もないというのは少しおかしいように思いますね」

「あるいは、娘のことを忘れるくらい幸せなのかもしれないね」

「忘れるくらい不幸、ということもありますね」

今度は刑事のほうが武藤の目を覗き込み、武藤は思わず目をそらした。俺はまるで容疑者みたいだ——いや、まるで俺がやったみたいだ、そんな気分だと考える。


警察にいたのは一時間足らずだった。

この季節の午後五時はまだじゅうぶんにあかるい。建物を出たら未来に電話をするつもりだったが、結局携帯電話を取り出さないまま歩き出した。自分もしばらくひとりでぶらついてみようと思ったのだ。狭い町だから歩いていればばったり会うかもしれず、それならそれでいい。

川に沿って歩《ほ》を進め、途中で通りかかったタクシーを拾った。埠頭で降りたとき、自分がここまで来たのは、晶がカンフーマンと出会ったというカフェがあるからだと気がついた。

その店に、武藤は入っていく。ファミレスのような体裁の、しかし妙に人気《ひとけ》のない、だだっ広い店だった。窓際の席で新聞を読んでいる男を観察する。Tシャツにデニム、年の頃は三十代、ぽってりと太っている。カンフーマンではない。

ばかだな、俺も。武藤は思う。そんなに簡単にカンフーマンが見つかるとでも思っていたのか。しかし見つかるような気もするのだ。晶が会ったのだから。

男から離れた席に座り、ミルクセーキを注文する。この町の喫茶店やカフェのメニューにはなぜか必ずミルクセーキがあるというのも、晶から教わったことだった。細かい氷がじゃりじゃり入っているところが独特なそれを、太いストローで吸い込みながら、旨いな、と武藤は声に出して呟く。まるでこの町の生まれのように、そして何十年も帰らなかった男のように、ミルクセーキの味を懐かしく感じるのは、やはり何かずれた道あるいは時間を通っているからだと思った。

自動ドアが開く音がして武藤は反射的にぐるりと首を回す。ショートパンツに季節外れのブーツを履いた、まだ十代に見える娘だった。ガムを嚙みながら席の横を通り抜けるときに目が合って、武藤は小さく笑いかけるという、普段ぜったいしないことをした。娘にじろりと見下ろされて我に返り、晶の娘のことを思い出したせいだ、と考える。小さな子を置いてきてるんですよ。もしも本人の意思で姿をくらましているのだとしたら、一年以上も経って会いに来ることも、電話の一本もないというのは少しおかしいように思いますね。刑事の言葉がよみがえる。その娘にはもちろん会ったことはなかったが、今どうしているのか。あの亭主がひとりで面倒を見ているのだろうか。

間もなく武藤は、自分が数えていることに気がついた。何を数えているのかといえば、これまで関係した中で、この先もう二度と会わないだろう女の数だった。そんな女はいっぱいいる。はじめて女と寝たのは十六のときだったが、隣町の女子校の生徒だったその子とは三ヶ月ほどで別れて、以後会っていない。探し出す手段はあるだろうが、会いたいとは思わないからもうきっと死ぬまで会わないだろう。それ以降、十指にあまる数の女たちと関係してきた。そのうちのひとりが今の妻であり、中には友人になったり、あるいは友人に戻ったりした女たちもいるし、仕事先で見かけるという場合もあるが、半数以上の女とは、関係が切れた後は会っていない。「会えない」のではなく「会わない」のだとしても、偶然が起きなければ二度と会うことはないだろう。中には失踪した女もいるかもしれない。晶もそのひとりだということだ。それだけのことだと、武藤は考えてみる。

カフェを出るとアーケード街へ向かった。

刑事の話によればカンフーマンはもうパフォーマンスを引退したそうだ。デパート前の広場には子供連れの母親がぽつぽつと座っているだけだった。スピーカーからなぜか「イエロー・サブマリン」が流れていたが、今日はほかの大道芸人の姿もなかった。

デパートをあとにし、しばらく歩くと、宝月堂の前に差しかかる。この店にカンフーマンがいるはずなんかないじゃないか、そもそもいたとして、どうしようというんだと自問しながら、武藤は店内に入っていく。ショーケースの向こうに晶の夫がいるのが見えても、踵を返さなかった。何だ、俺はいったい何をしようとしているんだ。その答えが出ないま ま武藤は、目をむいてこちらを見つめる男に、「どうも」と頭を下げた。

小堺伸伍は無言だった。無言で武藤を凝視していた。隣にいる女店員が、不審げに店主と武藤とを見比べている。

怒りや困惑とともに、期待のようなものが伸伍の目の中にあることに気づいて「いや」と武藤は思わず言った。

「べつに用はなかったんだけど」

すると伸伍ははっきりと怒りの形相になる。当然だと武藤は思う。失踪した妻にかんする情報を持ってきたのでなければ、いったい何をしにこいつはやってきたのだと思うだろう。

「いや……何か、一度ちゃんと話したいと思ってて」

まるで高校生の告白みたいだと自分にうんざりし、そんなことは思ってもいなかったはずだと思いながらそう言うと、伸伍はちらりと女店員を窺ってから、ショーケースの向こうから出てきた。

「話って?」

微かな顎の動きによって先導されたのは店の裏手の、幅二メートルほどの細い通路だった。その向こうにはカステラを焼いているのであろう工場がある。

「カンフーマンのこと、聞きましたよ、刑事から」

瞳の奥で暗い火を燃やしているような相手に、ほかにどう言えばいいのかわからず、武藤はそう答えた。

「で？」

「いや……だからというわけじゃないんだけど、謝ろうと思って。ちゃんと」

工場から白衣の男がふたり出てきて、あからさまにじろじろ見ながら通路を通っていくのを待って、「悪かったと思ってます」と武藤は頭を下げた。

「人の心は仕方ないっていうか、恋愛にかんしては、いいも悪いもないっていうのが俺の原則的な考えかたではあるんだけど、それでもあなたには謝りたいと思ってます、申し訳なかったです」

何という言い草だと思いながら武藤は言う。なぜ今自分がここにいるのかは自分でもわからないが、すくなくとも謝るためではなかったから、こんなことになるのだ。

伸伍が動いたので、武藤はとっさに後ずさった。殴られると思ったのだ。むしろそれを望んでいたのかもしれなかったが、伸伍は自分のポロシャツの襟を引っ張っただけだった。

「恋愛しとったとね？　あんたと晶は」

首を絞められているとでもいうようにポロシャツの襟を執拗に引っ張りながら、晶の夫はそう聞いた。

「それは……晶さんの気持ちまでは断言できないですが。でも俺は、晶さんのことは、好きでした」

どんどんわけがわからなくなっていく。実際のところは、晶のほうが自分に惚れきっていると思っていたのだ。でもそれは目の前の男に言うことじゃないだろう。

「もうなんも聞きとうなか」

声を張り上げずむしろそれまでより低めるようにして伸伍は言い捨て、武藤を押しのけて店へ戻っていった。ちょっと、ちょっと待ってください。引き止めてどうしようというのかわからぬままに武藤は後を追い、店内に入ったとき、入口からひょっこり顔を出したのは未来だった。


「ごめん、もういいよ」

そう言ったが未来はやめようとしなかったので、武藤は上半身を起こして、股間にある彼女の頭をそっとどかした。

「悪い、なんか今日はだめだ。ビールでも飲もう」

傷ついたような未来の顔から目を逸《そ》らして、武藤はベッドから出る。床の上のトランクスを拾ってそそくさと穿き、備え付けの冷蔵庫から缶ビールを二本取り出してソファに掛けた。

「こっちおいでよ」

「もう、しないの?」

「するけどさ。今はちょっと休ませてよ」

苛ついた言いかたになった。未来の表情がかたくなる。今回の旅ではチェックインしてすぐに一回目のセックスをしたのだが、そのときもあまりうまくいったとは言えなかった。できるにはできたが、入れている途中で萎《な》えそうになり、乱暴に体位を変えることでなんとかしのいだ。へんだというのはあのときから未来も気づいていただろう。なぜそうなってしまうのかわからない。かわいい女なのに。続けたいと思っているのに。そもそも、こんなことはこれまで一度もなかった。

「さっきのカステラ屋のひとと何かあったの?」

裸でベッドに腰掛けたまま、未来は言う。きれいな白い肌をしていて、陰毛が何かの間違いみたいな感じに見える。

「あいつの女房と、俺、寝てたんだよ」

そうだ、やっぱりこのことをこの女に打ち明けるべきなんだと武藤は思う。しかし口調はあからさまに苛立ち紛れなものになっている。

「その女が一年半前に失踪したんだ。亭主には、俺のところへ行くと言って。亭主も警察も、だから俺を疑ってるんだ」

いや、今はもう疑っていないだろうとほぼ確信しながら、武藤は偽悪的に言う。なぜだかはわからない。未来の瞳に脅《おび》えが浮かぶ。今、飛びかかって無理矢理抱けばできるかもしれない。

「そのひと、死んだの?」

たぶんな、と武藤は答え、立ち上がった。

6

伸伍の応対をしたのは、はっとするほど美形の女店員だった。

そのことは彼女自身もよくわかっているのだろうという物腰で、エンゲージリングのオーダーを受けつけた。博多の百貨店内にある有名なジュエリーブランド。土曜日だったが午前中ということもあり、広い店内に客はほかに若いカップルがひと組しかいなかった。

「納期ですが、いちおう四月二十日まで頂戴できますか。それより早くお渡しできるときにはお電話いたしますので」

「四月二十日?」

伸伍は思わず聞き返した。そんなに待たなければならないのかと思ったのだ。しかしオーダーメイドのリングは最低でも一ヶ月を要するというのは、事前にわかっていたことだった。わかっていたことと、提示された日付とが、頭の中でうまく重ならなかった。

「大丈夫ですか?」

理解していますか? という口調で女店員が聞いた。きれいだがいやな女だ、と思いながら、今ここで「あなたに一目惚れしてしまうた、交際してもらえんでしょうか」と懇願してみたらどうだろうという考えが浮かんでくる。注文した指輪をあなたにもらってほしかとですよ、と。やはり物慣れた対応が返ってくるだろうか。

「ひと月も先やと、その間に何があるかわかりませんたいね」

口から出たのはそんな言葉だった。

「そうおっしゃるかた、ときどきおられます」

正面に飾られた水色のパネルの、金髪のモデルそっくりな笑顔を女店員は作った。

「でも、ひと月の間には、いいことしか起こりませんよ。私が保証いたします」

決まり文句なのだろうと思いながら伸伍も作り笑いを浮かべた。心中では、保証だと？と毒づきながら。一人目の妻を失った経緯を、笑顔のまままとくとくと語りはじめたらこの女はどうするだろう、と再び無為に空想しながら。


業界の会合があり、博多には前日から来ていた。

すぐに佐世保に戻るつもりで、昼食は列車内で食べる予定だったのだが、通りすがりの寿司屋が目に留まり、伸伍は暖簾《のれん》をくぐった。

三時に嬉野《うれしの》で麻友子《まゆこ》と待ち合わせしている。さっと食べて出ないと間に合わんぞと思いながら、カウンターに座り、上握りと日本酒一合を注文する。

「旨かですね、この豆は」

突き出しに出た青豆の翡翠《ひすい》煮《に》を一口つまんで、なじみの店でもなければ普段はまず口にしないお愛想を言った。握りの前に少しつまみば切りましょうか。人懐こそうな板前に勧められて「お願いします」と頷いてしまう。

帰る前に、気持ちの整理ばしておかんと。

柔らかく煮上がった蛸《たこ》に塩をつけて口に運びながら、自分にそう説明した。実際、奇妙な気分だった。指輪を注文して落ち着くはずだったのに、逆に来たときよりも足元がゆらゆらしている。

晶が失踪してから今年でちょうど十年目だった。今から三年前に麻友子と出会った。妻がいなくなってから、ほかの女とかかわったことは数回あったが、交際と呼べるものに発展したのは麻友子だけだった。出会った三年前はつまり晶の失踪から七年目であり、七年経てば失踪者の家族は失踪宣告することができ、失踪者は法律上死亡したものとみなされる、という知識を得ていたことも大きかったのかもしれない。

結局、失踪宣告は昨年申請した。周囲からも勧められていたし、麻友子のためにもそうするべきだと思ったのだ。次はプロポーズだと、麻友子も当然思っているだろう。

なんも、悩むことはなか。

手酌した杯を干して、伸伍は再び、自分に言う。それで徳利《とっくり》が空いてしまったので、もう一合注文した。ゆらゆらしているのは奮発したせいたい。六十万近い散財やったとやけん、懐が軽くなって落ち着かんとよ。そう考えて、ちょっと笑ってみた。

「今日はなんか良かことのあったとですか」

板前が話しかけてきた。さっきから入口の戸がひっきりなしに開閉されるようになり、店内は客で埋まってきていたが、値段が決まっているランチの握りのほかにだらだら飲み食いしている客はありがたいのかもしれない。

げそば焼いてもらえますか。あと玉子も少しばかり。板前の期待に応えるように注文を追加してから、「婚約指輪ば注文してきたところですたい」と伸伍は言った。見も知らぬ男に明かすことで、足元が固まる気がしたのだ。

「婚約指輪。お客さんが結婚されると？　そりゃ、そりゃ。おめでとうございます」

板前は大仰に驚いてみせた。

「再婚ですけん、めでたいよりは気恥ずかしかとですよ」

「何回やったかち、おめでたかもんはおめでたかとですよ。第二の人生。良かですなあ」

「前の女房を亡くして十年経って、やっと決心がつきました」

「ああ、そがんですか。十年ですか。亡くなったかたも、きっと喜んでおられますばい」

「そがん言うてもらえると、ちょっとは落ち着きますたい。この年ですし、娘もおりますし、いろいろとしがらみもあって……」

板前はもっともらしく頷いたが、そのあと用ありげに厨房の奥に引っ込んだのは、会話を打ち切るためであるようにも思われた。俺は喋りすぎたのかもしれない。

今更気恥ずかしくなって、伸伍は視線をさまよわせた。ちょうど店の真ん中辺りの梁《はり》の上に、小さなテレビが据えつけられている。ローカルニュースをやっているようだ。「門《も》司《じ》港《こう》　名物の焼きカレーフェスタ開催」というテロップが出ている。

グラタンのような料理とそれを食べるひとたちが映し出され、それから画面は、古めかしい建物が残る街並みになる。「フェスタ中は大道芸人の姿も」というテロップとともに、皿やフライパンを空中に放り投げているジャグラーや、一輪車に乗りながらバイオリンを弾く男などが紹介される。

伸伍はあっと思った。あれはカンフーマンではないのか。衣装も、風貌も、珍妙な動きも、晶と最後に会った男とよく似ている。それから思わず腰を浮かした。まばらな見物人の最前列の黄色いコートの女、あれは晶ではないのか。しかし一瞬後、画面は次のニュースに切り替わった。

「そろそろ握りましょうか」

板前に声をかけられて向き直った。ほとんど機械的に頷いて、酒ももう一本追加した。それから表に出て、今日は会えないかもしれないと麻友子に電話をかけた。

結局、板前が迷惑そうな表情になるまで寿司屋に長居して、自宅に戻ってきたのは午後五時前だった。麻友子は嬉野には行かず松浦町《まつうらちょう》の自宅にいるはずだから、連絡すれば今からでも会える。どこかで食べ物を買って、彼女の家に直行すればいいのだ。あるいは、彼女のベッドに。そう考えながら、伸伍はキッチンの椅子に腰掛けてだらだらと缶ビールを飲んでいた。

酒に強いわけでも、酒がさほど好きというわけでもない。もうじゅうぶんに酔っていたが、さらに酔うために飲んでいた。酔えば、あれは見間違いだと思うことができそうで。カンフーマンの女房から失踪当夜に晶に会ったという話を聞いて以後九年間、目撃情報はいっさいなかったのに、「第二の人生」に踏み出したその日に晶がテレビにあらわれるなど、話ができすぎている。

缶ビールが空いたので、次の一缶を出してプルトップを開けた。もうまるでおいしく感じない。やはり麻友子と会おうと伸伍は思う。さっきの電話の「昨夜の会合の流れで今日も夕方まで博多に留《とど》まらざるをえなくなった」という曖昧な説明を不審に思っているようでもあった。どうしてもあんたに会いとうして抜け出してきたとよ。電話して、そう言おう。

意を決めて携帯電話を取り出したとき、玄関が開く音がした。晶が帰ってきたのではないか、と思うのも、ここ何年もなかったことだった。しかし入ってきたのは妻ではなく娘だった。

「あれ。なして居《お》ると？」

娘には会合は二夜あるので博多に二泊する、と言ってあった。

「夜の話が昼のうちに終わったけん」

「ふーん」

結生は十四歳で、四月から中学三年になる。顔立ちは父親似だとみんなに言われるが、小柄で、全体的な雰囲気は晶に似ていると伸伍は思う——この頃はときどき、ぎょっとするほど似ていると感じることもある。

「良かジャンパーを着とるね」

「ジャンパーやなくてパーカ。多満屋のセールで買《こ》うたっち、こないだ見せたやなかね」

「そがんやったか。いや、結生が着とるところを見るのははじめてたい」

「酔うとると？」

結生は眉をひそめて父親を見た。その表情も晶を思い出させた。

「酔うとらん、酔うとらん」

「酔うとらす。晩ご飯はどがんすると？」

「ふたりであじさい亭へ行こうか」

「マジ？　やったあ」

無邪気な反応が返ってきて、伸伍の口元は緩む。こんなふうに心から嬉しくなったり楽しくなったりするのは、娘に対してだけだ。――いや、麻友子といるときだってそうだ。急いで思い直したが、今夜彼女と会うという選択がこれでなくなって、自分がどこかほっとしていることも感じた。

今夜、結生の世話をしてくれるはずだった母親のところへ断りに行ってから、ふたりであじさい亭に向かった。諒太が応対に出て、奥まった席に案内してくれる。

「おばあちゃん、心配そうな顔しとらしたよ」

あれがいい、やっぱりこれも食べたいと、さんざん迷って注文したあと、結生は言った。

「なしてや？　お父さんが酔うとるから？」

「ちがーう。本当は今夜は麻友子さんとデートやったとやろ。ケンカしたと？」

「しとらん、しとらん。麻友子さんは関係なかよ。博多の仕事の、のうなっただけたい」

「ふっふーん」

結生はにやにや笑う。麻友子との交際が娘に隠しきれなくなって、ひと月ほど前に「お父さんのガールフレンド」として会わせていた。会わせても大丈夫な娘であると確信していたから会わせたのだが、父親がぎょっとするほど理解を示してくれているというか、ちょっと示しすぎじゃないかと思うようなところがある。

「麻友子さん、いくつやっけ？」

「三十八やったかな」

「のんびりしとられんとよ。ぜったい、四十になる前に結婚したいと思うとらすよ」

「なんば言いよっとか」

自分が考えている通りのことを指摘され、伸伍はどうにか笑い返す。酒が入っていなければ、もっとたじたじとなっているだろう。

「そのことでケンカしたとやろ」

「それはもうよかたい」

アハハハと、結生は屈託なく笑う。伸伍と麻友子とのことを知っている人は、結生が思春期であることに必ず言及するが、この件にかんしては最初からまったくこの通りの態度なのだ。祖父祖母の協力があったとはいえ、四歳のときから母親の手がかけられていないのに、本当にいい子に育ってくれたと伸伍は思う。むしろ思春期に近づいた頃から、いつもあかるく機嫌が良くて、聞き分けが良くなってきたように思う。

シーフードサラダが運ばれてくると、結生はもっぱら食べることに集中したので、伸伍はほっとした。いくら屈託がないといっても、恋人のことを娘と話すのはやはり気まずい。

「なんでんありたいね。便利なんかしらんが、ついていけん者《もん》はとことんおいてけぼりたいね」

YouTubeとかオークションとか掲示板とか、インターネットの話になったのは、メインを食べているときだった。結生がタンシチューを、伸伍がレモン・ステーキを頼んでいたが、伸伍はあまり腹が空いておらず、結生がふたりぶんぱくついている。

「これもネットで買《こ》うたとよ。いろんな人が、自分の手作りのものを売っとると。お店で買うよりうんと安かし、可愛かとがたくさんあると」

「パーカ」の袖をめくって結生はビーズのブレスレットを見せて、これは三百円だったと言った。

「ビデオなんかも、手に入るやろか」

ふっと伸伍はそう言った。

「ビデオ？　映画とかの？」

「いや。テレビの。録《と》りそこなった番組とかを、持っている人を探したりはできるやろうか」

「あー、そがんやったらたぶん専用の掲示板があるたい。なになに？　ドラマかなんか？

麻友子さんに頼まれたと？」
またそういう話になったので、伸伍は慌てて話題を変えた。

結生は、母親は彼女が五歳のときに「病気で死んだ」と思っている。晶が失踪した当時、そのうち帰ってくるとまだ信じていた頃に説明した通りに。むろん周囲の大人や町の人の大半は、宝月堂の女房が家出してそのまま帰ってこないということを知っている。だが今のところ、その事実は結生の耳には入っていないはずだ。幼稚園で保護者たちを集めて「結生には本当のことは明かさないように」と伸伍が頼み込んだことが、不思議と今も効力を発揮している。時間が経つうちいろんなことが曖昧になって、娘が信じているほうを事実として採用している者もいるようだ。

ここはそういう町なのだ、と伸伍は思う。どこに行っても誰かに見張られているような煩わしさがある一方で、四歳で母親に捨てられた娘を町ぐるみで見守ってくれているような空気を感じる。むろん、いつかは結生に本当のことを話さなければならないだろう。でもまだその時期ではないだろう。中学に入ったら。以前は、そう考えていたが、二十歳《はたち》になったら、と今は考えている。そうして十四歳の結生がまだ真実を知らずにいるということは、この町がそう考えているからなのではないか。

麻友子とのことにしてもそうだった。家族にも知人にも、交際をひた隠しにしていた時期もあったのだが、結婚を考えはじめたのは、そろそろ町が認めてくれている、と感じたせいもあったと思う。今も市内の飲食店で堂々とふたりきりで過ごすようなことはしないが、それでも以前ほどには人目を気にしなくなっている。

今夜は伸伍は麻友子の部屋にいる。嬉野をすっぽかしてから一週間後の夜だ。麻友子の手料理は文句なく旨いというわけではないし、マンションに入るときどうしてもこそこそしてしまうのだが、部屋に入ってしまえば結局のところいちばん落ち着く場所のようだった。

「あ、苺を買ってあったとよ」

「いや、もうよか。腹いっぱいで入らん」

食後、立ち上がろうとする麻友子を伸伍は制した。

「あまり時間もなかけん……」

今夜は日付が変わらないうちに帰るつもりでいる。そうそう気軽に泊まりがけのデートができる立場でもない。

「さっさとすることばせんとね」

麻友子の返事に、伸伍は一瞬かまえた。そういう物言いをする女だったか。しかし顔を見ると悪戯っぽく笑っていたので、嫌みのつもりではないのだろう。

「さっさとやのうして、ゆっくりとしたか」

仲伍は立ち上がり、麻友子の背後に回り込んで椅子の背ごと抱きしめた。そのまま立ち上がらせて寝室へ行く。

松浦町の薬局で薬剤師をしている麻友子と仲伍が出会ったのは、結婚式だった。同じ商店街の時計屋の次男が結婚することになり、宝月堂代表として仲伍が出席したのだ。花婿は三十八歳、花嫁は三十五歳で、麻友子は花嫁が高校のときの、ソフトボール部のチームメイトだった。

色白で、手足はすんなりと細いが、胸や尻はふっくらとしている女だった。二次会で偶然同じテーブルを囲むことになり自己紹介し合ったとき、寝たい、と思った。その頃、何かむやみに性欲が高まってきているという自覚があった。それはいいことなのだろうと思いたくて、がらにもなく麻友子に突進していった、と自覚している。

仲伍は麻友子の乳房に顔を埋める。麻友子の体は甘くてエロティックな匂いのする海だった。子供の頃、家族で九十九島《くじゅうくしま》のひとつに船で渡って海水浴を楽しんだとき、二メートルくらいの高さの岩棚から深い碧《みどり》の水面に向かって飛び込んだときのことを思い出す。飛び込んで、そうして、やみくもに水をかいた。性欲の昂進は今も続いている。愛しているからだ、と今は考えている。晶とのとき、これほど燃えたったことはなかった。だから晶よりも愛しているのかもしれない。だから結婚するのだ。

脱ぎ捨てたズボンのポケットの中で、スマートフォンが奇妙な音で鳴り出したのは、ふたりがちょうど体を離したタイミングだった。

「やだ。なに?」

ぎょっとしたように麻友子が身を竦める。伸伍にしても一瞬、何の音かと思った。

「アラートたい。お知らせ。そういう設定にしとったとやった」

娘からあらましを聞いて、「専用の掲示板」を探し、先週博多で見たローカルニュースを録画している人を求める書き込みをしたのだった。それを読んだ誰かがコメントをつけると、アラートで通知されることになっていた。

「何のアラート?」

「いや、ちょっと。仕事の関係」

まったくタイミングが悪かったし、返答も説明になっていなかった。伸伍はベッドを出てトランクスを穿いた。背中に麻友子の視線を感じる。もっと何か言わなければ。今スマートフォンをいじってはだめだと思いながら、晶が映っているかもしれない録画が手に入るのかどうか知りたくてたまらず、ズボンのポケットを慌ただしく探った。

結生が言っていたとおり、録画を売って小金を稼ごうとする者は本当にいるらしい。三千円というのはずいぶん足元を見た金額だと思ったが、コメントをよこした相手の指示に従って指定された口座に振り込むと、三日後にＤＶＤが送られてきた。

結生が帰ってくる心配のない平日の昼間に、伸伍は自宅のプレーヤーでそれを観た。間違いなく、あのとき寿司屋で観たニュース映像が録画されていた。しかし晶は映っていなかった。最前列でぽかんと口を開けている女はたしかに一瞬映ったが、どうしてそれが晶に見えたのか、それほど酔っていたのだろうかと思うしかなかった。

一方でカンフーのパフォーマンスをする男は、寿司屋で観たときよりももっと、伸伍が知っている男に見えた。多満屋の前に毎週カンフーマンがあらわれたのは十年以上前のことなのだから、そのときと同じ年格好に見えるという時点で、同一人物であるはずもない。しかしそのことがどうしても頭から消えぬまま、とうとう門司港へ行く決心をした。

「何を見とらすと?」

麻友子が言う。日曜日の午前九時過ぎ、博多行きのリムジンバスの車中で。博多で新幹線に乗り換えて小倉まで行き、そこからローカル線に十五分ほど乗ると門司港に着く。ひとりで行くつもりだったがそうするとまたしても週末のデートをキャンセルすることになってしまうので、誘った。行ったことがない街だし、「レトロな街並み」がなかなかいいらしい、という説明に、麻友子は幾分怪訝《けげん》な表情を見せたが、反対はしなかった。

「ちょっと、調べもの」

いじっていたスマートフォンを、伸伍はつい麻友子から隠すように動かしてしまう。

「門司港のこと？」

「うん、まあね」

「そがんスマホば使いこなすひとやったろうか」

笑い混じりの口調ではあったが、それで伸伍はもうスマートフォンを胸ポケットにしまうしかなくなる。実際、門司港のことを調べていたのだった。ローカルニュースに映った場所がどの辺りなのか、ほかにカンフーマンが出没しそうな場所はあるか。

麻友子に声をかけられたときには「カンフーマン　門司港」というキーワードで検索をかけたところだった。結生にも呆れられたが伸伍はインターネットというものにずっと無関心できたので、検索をかける、というのも先日「掲示板」について教わったついでに得た知識だった。検索窓に言葉を入れてタップすれば、関係する事柄がずらりとあらわれる。早くそれを見たいと思う。隣に麻友子がいることがひどく煩わしく感じられ、どうして放っておいてくれないんだと彼女を疎む気持ちまで生じてきて、伸伍は黙りがちになる。

「眠そうやね」

麻友子が言い、うん、と伸伍は曖昧に頷く。責めている口調ではなかったし、気遣われているのもわかるのだが、うるさいなと思ってしまう。

「朝が早かったけんね。私も少し寝ておこうかな」

「そうするとよか」

麻友子は頭を椅子の背に預けて目を閉じた。伸伍はしばらく待って、麻友子が本当に眠るつもりであることをたしかめてから、再びスマートフォンを取り出した。

「カンフーマン　門司港」の検索結果は、しかし伸伍が知りたいこととはまったく無関係のものばかりだった。目が疲れてきて、たしかに俺はスマートフォンに触りすぎだと思いながらロックしようとしたとき、そうだ、晶のことを検索してみようと思いついた。なぜ今までそうしなかったのか。

「宝月堂　妻　失踪」で検索してみる。しかし出てくるのは芝居の筋書きや裁判の記録のようなものばかりで、晶にかんする情報は見あたらなかった。それで次は「佐世保　宝月堂　妻　行方不明」としてみた。すると一件だけ、個人のブログと思われるページに、自分たちのことが書かれていた。

「宝月堂さんは老舗のカステラ屋さん。和菓子や、オリジナルの焼き菓子なんかも売ってて、地元の人はお遣い物といえばここで買うって感じです。ずいぶん前に、奥さんが行方不明になったって噂があったけど、どうなったのかな。とにかくお店は今も元気に（？）営業中です」

お店は今も元気に営業中か。見も知らぬブログの書き手にどうしようもなく敵意を募らせながら、ほかに何か書かれていないかと伸伍はブログを遡《さかのぼ》っていく。ほかには何ひとつない、と自分を納得させたときには、バスはすでに博多駅に近づいていた。

もうスマートフォンに触るのはやめよう、と思った。

そうすると門司港へ行く意味も急速に失われていくようで、そんな気分で着いた街には、見るべきところは何もないように感じられた。

「昔は栄えていたんよね、貿易やなんかで」

伸伍の気分を察したように麻友子が言い、

「そうやろな」

という伸伍の返事は、石畳の上にぽとりと落ちた。着いてすぐ食べた焼きカレーもあまり旨いとは思えず、麻友子の手前、無理に平らげたので胃がもたれている。何の催しも行われていない日曜日は人通りもまばらで、古めかしい建物のどれもこれもに、自分たちが拒絶されているように伸伍は感じる。

「休むようなところもなかね」

胸に浮かんだままを呟くと、

「それって、ラブホってこと？」

と麻友子は言った。そんなふうに強い声を彼女が出すのも、「ラブホ」などという単語を発するのも、これまで聞いたことがない。

「いや……今日は日帰りやけん、帰る前にどこかでふたりきりになりたかと」

「そんなら何もこがんところまで来んでも、うちでよかったとやなか？」

「それぱっかしというのもどうかと思うやろ」

「言うとることの意味がわからん」

伸伍は黙り込んだ。その通りだと思ったのだ。いや、今はべつにセックスしたいわけではなく、ここにいたくないのだ。その気分をどう伝えればいいか考えていると、麻友子が不意に伸伍の視線を捉えて、

「何を隠してると？」

と言った。

「何も隠しとらんよ」

伸伍は目を逸らす。

「ずっと様子がおかしかとを、私がわからんと思うとるとね？　約束してもすっぽかす。会《お》うとってもろくに話もせん。ひっきりなしにスマホば見とる。ほかの女《ひと》がおるなら、はっきり言うてほしか」

「何を言い出すとね」

「というか、はっきり言うとるのかもしれんね。もう終わりだと言わずとも察しろということやろか」

これまで知っていた麻友子のいったいどこに、これほどの熱情が潜んでいたのかと思うほどの勢いで、麻友子は言葉を繰り出す。言い合いをしながらもふたりは歩き続けていて、もうすぐ埠頭に出る。

そうだ、埠頭に出たら指輪のことを言おうと伸伍は考える。注文したのだと。それですべて解決する。サプライズにはならないが、ここでケンカ別れせずにすむ。

ケンカ別れ。自分で思いついた言葉にぎょっとする。その選択もあるということか。ケンカ別れし、晶を探し続けるという選択。ひとりならばこの街で何かが見つかるかもしれない。スマートフォンを駆使して、カンフーマンを探しまわって。そうしたいのか、俺は。いや、考えるべきなのは、今横にいるこの女と俺は本当に再婚したいのか、ということだ。

「それとも前の奥さんから連絡でもあったとね」

「まさか。何もなかよ、何も」

埠頭の端に立つと、それが誰への言葉で、どういう意味なのかも定かでないまま、仲伍は言った。

7

「晶さん。あーきーさーん」

と義父が呼ぶ。裏口の三和土《たたき》で、美園《みその》は、「はあい」と答えて振り返った。

「栗しぐれは、倉庫にまだ余分のあったとやろか?」

「あと十ばかりあったと思いますよ。出してきましょうか」

「よかよか。早よう出かけなさい」

義父が店のほうへ引っ込むと、すでに表に出ていた仲伍が戻ってきた。小声で「今、あんたを晶さんと呼びよったね？」と聞く。

「うん、そがんやったね」

ああ、聞かれてしまったかと思いながら美園は頷く。

「ぼけたとやろか」

「まさか。ちょっとした勘違いたい」

「勘違いというても……」

今更そんな勘違いがあるものか、と夫は言いたいのだろう。晶という名前の前妻がこの家からいなくなったのはもう十年以上前なのだから。しかし実際のところ、義父から「晶さん」と呼ばれるのは今回がはじめてのことではなかった。

「悪かったね。今度あがんふうに呼ばれたら、気を遣《つこ》うて返事ばせんでもよかよ」

「うん、そうします」

「なんばしとると？　早く行こうよ」

折よく、結生が駆け戻ってきたので、話はそこで終わりになった。

二十分ほどの距離を、三人でぶらぶら歩く。十月に入ってようやく暑さが収まり、歩くのにはいい陽気になった。

結生が先を行き、その後ろを伸伍と美園は並んでついていく。三人で外出するときはたいていは車だから、こんなふうに歩くことはめずらしかった。そのことで伸伍は少々アガっているようだった。

「ほんなこつ、よかとやろうか」

伸伍がそう聞いたとき、まだ「晶さん」のことを気にしているのだろうかと美園は思ったのだが、「犬」と伸伍は続けた。

「自分で世話ばすると言うとるばってん、あてにならんぞ。あんたの仕事が増えるかもしれん」

「かまわんとよ。うちも犬は好きやし」

「散歩やなんかは、俺《おい》もできるだけ協力するけん……」

そこで結生がぱっと振り返って、

「お父さんはメタボやけん、犬の散歩はいい運動になるたい」

と言ったので、ふたりは笑った。ちゃっかりした科白だが、ちゃっかりしていることを求められていることがわかっていてそうしているのだ、という印象を美園は持つ。

悪い印象ではなかった。そういう娘《こ》だからこそ、なさぬ仲でもうまくやっていけるのだろう。じつのところ娘のようにはまだ思えないのだが、妹のように感じている。

かつてはファミリーレストランだったと思われる大きな建物が、譲渡会の会場になっていた。テーブルや椅子のかわりに犬や猫を入れたケージが並んでいる。わあ、と声を上げて結生が小走りになったので、美園と伸伍は娘とはべつに見てまわることになった。そのうち、どうしても美園が遅れがちになり、結局三人はばらばらにケージを巡った。

美園が遅れるのは、じっくり見てしまうからだった。とくに、あまり人気がない、人集《ひとだか》りができていない犬や猫の前で立ち止まった。そういう動物たちはたいてい、もう子犬や子猫ではなく、ともすれば老齢で、あまり動きまわることもなく、途方に暮れたような顔で来場者を見つめていた。

殺処分される動物たちに比べれば、愛護団体に助けられてここにいる動物たちは運がいいのだ、ということはもちろん知っていた。それでも美園は、同情心を持って彼らを眺めた。同情心を確認しながら、だったかもしれない。それに奇妙な話だが、優越感もあった。私はもう違う、もうそこにはいない、と感じた。前夫を失ってからずっと、ひとりきりで檻の中に閉じ込められている感覚があった。でも、今はもうべつの場所にいる——。

「おーい。こっちに来てみらんね」

結生と合流した伸伍に呼ばれて、「はあい」と美園はあかるい声を返した。

前夫とは十六年間暮らした。

最後の三年は闘病だった。がんは一年ごとに転移して、夫の命を蝕《むしば》んでいった。

ごくふつうの夫婦だった。職場の先輩後輩という出会いから交際をはじめて結婚した。夫のほうに問題があり、子供を望むことはできなかったが、それが運命なら受け入れようと決めた。子供がいればかかったはずのお金で国内外へ旅行した。ケンカもしたが、数日経てば穏やかな日常は戻ってきた。退屈だと思うときもあったが、辛いことや悲しいことは少なかった。そういう生活がずっと続くのだと信じていた。

夫が他界して一年目は、さほど辛くなかったように記憶している。看病の日々が終わって、解放感すら感じていたかもしれない。贅沢をしなければ、生活に困ることはなかった。夫が遺してくれたものがあったし、結婚後、在宅で受けていた仕事もあった。檻に入れられたような感じは二年目から自覚するようになった。頑強な檻ではない。でも出られない。出るすべがわからない。檻の外の人たちは、ただこちらをちらりと眺めるだけで通りすぎていく。呼び止めたいが声が出せない……。

三年目に、美園はインターネット上の「中高年のための婚活サイト」に登録した。はじめそれは、自分と同じように檻の中に入っている人たちを見つけて、眺めるための行為だった。「自分と同じだ」というのは余計なお世話で、身勝手な思い込みではあったのだろうけれど。そのうちおずおずと、山ほどの言い訳を用意しながら、何人かの男性とメールのやりとりをするようになり、その中のひとりが伸伍だった。

彼の行方不明の妻のことは、最初のデートのときに聞いた。それまではメールを交わすだけの付き合いだったから、互いにはじめて生身の相手を見たときでもある。マイナス要因は最初に打ち明けることにしとるとたい、と言っていたが、打ち明けられた相手がどんな反応を見せるかが、彼にとっての試金石になっていたのかもしれない。

九十九島を巡る遊覧船のデッキの上だった。七月の日差しが海をきらきらさせていた。べたなデートコースで申し訳なか、と伸伍が恥ずかしそうにしていたから、本当は以前に夫と来ていたけれど、遊覧船に乗るのははじめてだと嘘を吐いた。

「辛い経験ばされたとね」

美園は言った。心からの言葉だった。裏切られ、出奔され、生死がわからないままの十年は、治らないとわかっている病の闘病が十年続くようなものかもしれないと思いもした。

「法律上はもう死亡したということになっとるし、自分の中でもふんぎりはついとるとよ」

波間からひゅんと魚が飛び出して、「あ、トビウオ」という声が近くの親子連れから上がった。ふたりでしばらく海面を眺めた。再びトビウオがあらわれると、「あっ」と声が揃って、顔を見合わせて笑った。

「ただ何と言うたらいいのか……死別と同じようではなかと」

伸伍は言った。もちろん美園のほうの事情も、すでにメールで伝えてあった。

「もう全部正直に言うてしまうばってん、少し前に、結婚まで考えとったひとのおったと。それがだめになったのは、まあいろいろ理由はあったとやろうけど、やっぱり前の妻のことを、俺《おい》がぐずぐず考えとったのが大きかったとたい」

美園は頷いた。そうだったのか、と思ったが、いやな感じはしなかった。ただ、このひとは私にというより、自分自身に向かって説明しているみたいだと思った。

「いや……自分でもようわからんと。どう言うたらよかろうか……前の妻がこの世のどかで生きている可能性がゼロパーセントではないせいで、なんか悪い神様のごた、俺《おい》の心の中に存在しとると。いつものことではなか。何かがうまくいかんときに、それが彼女のせいであるように考えてしまうとよ。ある意味、俺《おい》は彼女を、というか彼女があんなふうに消えたことを、利用してるのかもしれん。そんなふうに思うこともあると」

伸伍が口を閉ざすと、間ができた。美園がじっと考えていたせいだ。その場だけの相槌《あいづち》ですませていいような話ではないと思った。

「最初のデートでこがん話ばつらつら聞かせたら、引かれてしもうてもしょうがなかね」

伸伍はすまなそうにそう言った。

「引いとらんよ」

美園は微笑んだ。

「話してくれて嬉しか」

「ほんなこつ?」

「うん。私は伸伍さんのいい神様になりたか」

伸伍は驚いた顔をした。美園の言葉が、ほとんどプロポーズめいて聞こえたからだろう。実際のところ、そのときはそこまでの思いはなかった。伸伍の告白に見合う言葉を探したらそうなってしまった。

ただ、このひとと結婚するかも、という予感は微かにあった。そうして、約半年後の去年、その予感は実現したのだった。


「檻の前を通ったら、うちを見て目をきらきらさせたとよ」

譲渡会には子犬もいたし、テリアやプードルなどの可愛らしい座敷犬もいたのだが、結生が選んだのは五歳になる黒い大型の雑種犬だった。一般家庭で飼われていたが、事情があって手放されたというプロフィールがついていた。

里親の申し込みが受理されて、一ヶ月のトライアルをすることになった。正式譲渡の前に、買い主やその家と動物との相性をたしかめるための期間が設けられているのである。犬の名前は結生が「スマイル」とつけた。

犬のいる生活がはじまった。

はじめは部屋の隅で大きな体をちぢこめるようにして寝ていたスマイルは数日も経つと、ソファの上でお腹《なか》を見せて寝息をたてるようになった。朝、目覚めたときや、日中、店から自宅へ戻ったときに、大きな黒い犬がのっそりと目の前を横切ることに、結生はともかく美園や伸伍が慣れるほうが時間がかかったかもしれない。

正式に飼うことになったらドッグトレーナーを紹介しますと愛護団体から言われていたが、スマイルはすでにある程度躾《しつ》けられていたようで、「お手」や「待て」は、教えるまでもなくできた。おっとりした性質で、無駄吠えもない。声をかけるとすぐに近づいてきて、嬉しそうな顔で見上げる。美園はスマイルにあっという間に情が移ったことを自覚しながら、同時に少々複雑な気持ちにもなった。なんだか、自分がこの家に嫁いできてからの日々が思い出されるようで。もちろん家の中に前妻の面影らしきものを感じることはなかったし、美園が来ることになって伸伍があちこちリフォームもしてくれていたのだが、それでもやはり、新しい家庭を作り上げていくというよりは、すでにある場所に「慣れていく」という意識があったから。

「はーやーくー」

と結生が呼び、美園は伸伍と顔を見合わせて笑う。スマイルの散歩は、朝、結生の登校に合わせて家族三人で行くことになった。はじめ結生ははりきってもっと早い時間に起きて、散歩のあと家に戻ってからあらためて登校していたのだが、数日で音《ね》を上げて、今は途中まで一緒に歩いてそのまま登校するという方式になっている。それでもこれまでよりはずっと早起きする習慣が続いている。

公園に着くとそこでしばらく遊び（結生が早く起きるのはじゅうぶんにスマイルと遊びたいからだ）、結生は登校していく。美園と伸伍は学校とは逆方向の道を進んで、波止場のそばを少し歩いてから、家に戻る。

声をかけられることが多くなった。もともと、知り合いばかりのような町だが、犬を連れているといっそう声をかけやすくなるのかもしれない。子犬ではなく成犬であるというのも、関心を引くのだろう。あら、どがんしたと？　どこの犬？　里親？　今はそういう仕組みのあるたいね。それは良かことばしましたね。

「あらあ。弟のできてよかったねえ」

三人で歩いているとき、結生に向かってそう言われたこともあった。「弟じゃなか、妹たい」と結生が返して笑い合った。美園は気にしていたつもりもなかったが、同じ日、伸伍と二人で犬を連れているときに、「犬を飼うというのは良か考えですたいね」という言葉をかけてきたひとがいて、すると最初の言葉があらためて思い返された。

四十七歳での再婚だったから、子供を作ることなど考えてもいなかった。それはこの再婚の最初からの決定事項で、伸伍と相談することすらなかったのだが、この町のひとたちのほうがそのことについて考えていたのかもしれない、と美園は思った。といっても、それはたんに苦笑が浮かぶ程度の感慨だった。この町のそういうところは悪意ではなく無邪気さなのだろうと思えるほどに、すでにこの町での生活に馴染《なじ》んでいた。

一方で、犬が来たことによって、景色が僅かに変わった気がした。とりわけ、美園自身が俯瞰《ふかん》していた、自分たち家族を含んだ景色が。犬が増えたということだけではなく、何かが変わった。犬ではない何かが僅かに増えたような気もしたし、何かが爪の先ほど欠けた気もした。でも、そういう感覚にもすぐに慣れていくだろう。家族の誰にとっても、スマイルはすでに紛れもない愛情の対象になっていることを美園は感じた。

二週間が過ぎたある夜、トイレに起きたとき、美園は結生の部屋をそっと覗いた。ドアが僅かに開いていて、覗かなければならないような気配を感じたからだ。

結生がベッドに腰掛けていて、その足元にスマイルがいた。最近ではスマイルは結生の部屋で寝るようになっているのだ。それにしても、こんな夜中まであの娘《こ》は犬と遊んでいるのだろうか。そう思ったとき、美園は結生が、スマイルの首を撫でながら泣いていることに気がついた。

「スマイルを飼いたくない。トライアルが終わったら愛護団体に返す」と結生が言い出したのは次の日のことだった。

「スマイルが元いた家を知っとるという友だちのおったらしか」

美園は小声で伸伍に言う。そばにいるのはスマイルだけなのに、声を潜めてしまうのはおかしなものだと思いながら。

「元いた家……スマイルを棄てた家のことね？」

伸伍も小声になって言う。昨日から朝の散歩は夫婦ふたりだけになっている。結生はそれまでよりも早起きして、ふたりの用意ができる前に学校へ出かけてしまう。

「まあ、そういうことなんやろね。愛護団体のところへ来る前は、保健所にいたとやけん。お金持ちの家らしか」

「金持ちがなして犬を棄てるとね」

「引っ越しすることになって、二匹しか連れていけんということがわかったと。引っ越し先のテラスハウスの規約で、飼育は二匹までという決まりだったとよ」

「そいで一匹棄てたとか。ひどい話たい。なして引っ越しを決める前にたしかめておかんとや」

「結生ちゃんもそがん言うとって。泣きながら怒るとよ。スマイルが可哀相だって」

美園が結生と話したのは昨日の日中だった。はじめはただ『飼いたくなくなった』とだけ言い張っていた結生に辛抱強く付き合って、ようやく理由らしきものを聞き出したのだ。昨日の夕食時にも、今朝登校する前にもむっつりしていて、伸伍は娘からまだ何も説明されていない。

「しかしいっちょんわからん。なしてそれで、スマイルを飼わんという話になるとや？」

「それがわからんとよ、うちも……」

そがんふうに棄てられた犬なら、なおさらうちで幸せにしてあげたくはなかと？　美園が言うと、そがん犬はほしくなかとよ、と結生は答えたのだった。

「そがん、ひどかことをする家の味方にはなりたくなかというようなことも言うとったと」

「味方て何ね？　スマイルを飼うことが、その家のやりかたを肯定するというふうに考えるとやろうか。それにスマイルは雑種だし成犬やから、そうそう次の飼い主は見つからんぞ」

「うちもそがんふうに言うたとばってん、泣き出されてしもうて」

「犬の世話が面倒になって、無理矢理に理由をつけとるとやなかろうか」

「ううん、違う……結生ちゃんは本当は、スマイルを手放したくはなかとよ。それは話していればわかるとたい」

「そんならなして……」

スマイルが突然リードを引いたので、美園と伸伍は、どちらからともなく腰掛けていたベンチから立ち上がった。テリアのような小型犬を連れた中年の女性は、ここでよく出会う人だった。

「あら。今日はパパとママだけ？　水入らずで良かですねえ」

おかしな言い草だ、と思いながら、美園は曖昧に微笑み返す。

自宅の洗面所に嵌《は》め込まれた鏡の中を、さっと影が過ぎる。

ぎょっとして振り返ると、誰もいない。けれども廊下をキッチンのほうへ行く黒犬の背中が見えるから、ああ、スマイルだったのだと美園は思う。

わかってしまえばそれだけのことなのに、心の片隅がいつまでも震動しているような感覚がある。それを抱えたまま、朝食の支度をする。ダイニングキッチンは結婚とともにリフォームしてもらっていて、テーブルもそのときに伸伍とふたりで選んだものだからまだ新しい。伸伍と結生が並んで座り、美園は伸伍の向かい側に座る。家族内の関係ではなく、美園が調味料や小皿を取りに行く都合で、そういう配置になった――と、美園は思っている。

結生は、むっつりしているというほどではない。話しかければ答えるし、会話の内容によっては笑顔を見せることもある。犬の話はもうしない。トライアル終了まではあと一週間ほどあり、もしもスマイルを飼わないのなら、その一週間を待たずに返したほうがいいのではないかと美園は考えてみるが、そういう相談をすることもない。といって、伸伍はもう結生を説得しようともしないし、結生も何も言わない。スマイルは機嫌よく家の中をのそのそ歩き、犬が自分に近づいてくれば結生は撫でたり、話しかけたりしている。深夜自分の部屋で犬だけしかいないときには、また泣いていたりするのかもしれないが、美園や伸伍がいるところでは、スマイルを返すと決めたことなどなかったようにふるまっている。

廊下とダイニングとを仕切るドアのガラスに、また影が映る。スマイルよね、と美園は思う。しかしもう振り返らない。そのうち、ガラスとか鏡とか、何かが映り込みそうなものを自分がなるべく見ないようにしていることに気がつく。何がこわいのだろう？　何が見えると思っているのだろう？

休日の午後、家族全員が家にいるとき、呼び鈴が鳴った。めずらしいことではあるけれど、なぜか美園はその音にも必要以上にぎょっとする。ドアを開けると、立っていたのは義父だった。

「結生と散歩に行く約束ばしとるとよ」

それで結生を呼ぶと、スマイルを連れてやってきた。

「晶さんも一緒に行かんね？」

義父が言い、結生が目を見開いて美園を見る。お義父さん、うちは美園ですよ。今日こそそう言わなければならないだろうと美園は思うが、言ったことで決定してしまいそうな何かがこわくて、やはり言えない。できたのは薄く微笑んで、首を振ってみせることだけだった。

「おじいちゃん、行こう」

結生が言い、ふたりと一匹は出かけていった。おじいちゃん、なんば言うとると、このひとは美園さんたいと、結生もまた言わなかったということについて、美園はしばらく考える。最近の自分は考えすぎている、と感じる。

「スマイルを返すこと、じいちゃんに言うたね？」

いつの間にか伸伍が背後に立っていた。

「いいえ、うちはまだ……」

さっき「晶」と呼ばれたことはこのひとには聞かれていないようだと思いながら美園は答えた。

「じいちゃんに自分から言うつもりで、散歩に誘ったとやろうか。あの娘《こ》の考えていることはいっちょんわからん」

「結生ちゃん自身もわからんのかもしらんね」

うーんと唸《うな》って立ち去ろうとする伸伍の腕を、美園は摑んだ。そのまま自分のほうへ引き寄せて抱きつく。

「抱いてほしか」

この衝動はなんなのだろう、と自分で自分に驚きながら、やはり呆気にとられているらしい伸伍の唇に、美園は唇を寄せた。


丘の中腹の停留所で、美園と結生はバスを降りた。

並木のあるきれいな舗装路を並んで歩く。結生はスマートフォンのナビを見ている。どこへ連れていかれるのか、美園はまだ知らされていない。一緒に来てもらいたかところのあるとよ。結生にそう請われ、家を出てきた。土曜日の午後。店に出ている伸伍にはこの外出のことは「買い物」と伝えてある。

「この道をまっすぐ行けばいいみたい」

「どこへ行くかまだ教えてもらえんと?」

「うん。まだひみつ」

トライアル期間を過ぎて、スマイルは正式に宝月堂の犬になった。結生が再び考えを翻したのだ。美園も伸伍もほっとしたが、結生の心の中はわからないままだった。今日は少しでもわかるのだろうか、と考えていた。

住宅街に入っていく。来たことのない一帯だった。海の見える立地で、高級住宅街と言っていい景色だった。テラスハウスというのだろうか、同じ造りのモダンな二階家が、中庭を囲んで四棟建っているところで結生は立ち止まった。それから表札を調べに行き、美園があっと思う間もなく呼び鈴を押した。

「はい?」

インターフォンで、女性の声が応答した。こんにちは、小堺結生と申します、と結生は名乗った。

「はい?」

「あなたが棄てた犬を今、飼っている者です」

美園ははっとする。女性が息を呑んだ気配もインターフォンから伝わってきた気がしたが、応答はなかった。このまま放置されるのではないだろうかと思ったが、間もなくドアが開き、住人があらわれた。美園と同じくらいの年回りの、いかにもこういう家にふさわしい洒落た出で立ちの、すんなりと痩せたショートカットの女性だった。

「どういうご用件ですか?」

きちんと化粧をした目元をすがめて、女性は聞く。結生を見、美園を見た。

「どうしてあの子を棄てたか教えてもらえませんか」

結生は一語一語を区切るようにして言う。ずっと頭の中にあった言葉なのだろうと美園は思う。女性は答えず、さっきよりも険しい顔になってやはり結生と美園を交互に見る。

「三匹いる中からあの子を選んで棄てたとでしょう? その理由はなんですか。どうしてあの子は選ばれなかったとですか」

「その理由をあなたにお答えする義務があるのかしら」

女性は訛りのない、動揺するまいと努力している声で言った。

「ひとにはそれぞれ事情というものがあるんです。うちはじゅうぶんに考えて、これしかないと思って、あの犬を手放した。その結果、あなたが飼ってくださることになった。問題はないんじゃないかしら」

「でも愛護団体が引き出さなかったら、保健所で殺されていたとですよ」

「だって殺されなかったじゃないの」

女性はヒステリックな口調になった。

「なんでこんないやがらせみたいなことされなくちゃならないの。なんであなたにあれこれ答えなくちゃならないの」

「私も棄てられたからです」

女性はぎょっとしたように、結生ではなく美園を見た。美園は思わず目を逸らした。逸らすべきではなかったのだと、あとから思った。

「意味がわからない」

女性は吐き捨て、ドアが大きな音を立てて閉じられた。

結生はドアの前から動こうとしなかった。でも、もう一度呼び鈴を鳴らしても、ドアは決して開かないだろう。帰ろう。結生にそう声をかけようと思いながら、「私も棄てられたからです」という結生の声が、くっきりとしたゴシック体の文字のように頭の中に再生された。母親は病気で死んだと結生は信じている、と伸伍は言っていた。そんなわけはなかったのだ。それを美園は薄々察していたし、伸伍もわかっていたのではないのか。

それから美園は、自分でも思いがけない行動をとった。

道ばたの小石を探して、その家に向かって投げつけた。大きな石を選んだり、ガラスを狙ったりする勇気はなかったので、石は壁にコツンと当たって落ちただけだった。結生がびっくりした顔になり、それから笑った。自分も石を探して、投げた。美園よりも少し大きな音を立てて石はその家の壁にぶつかった。

レースのカーテンを掛けた窓の向こうで、人影が動くのが見えた気がした。あれは、女性だ。外を窺っているのだろう。もちろん晶さんではない。そう――晶さんではない。美園は思い、これまでずっと自分の家の中に、彼女がいたことに気がついた。

8

数日間じくじく降っていた雨が止んで、今朝は気持ちのいい晴天になった。そんな天気の朝の習慣として、朝食の終わりに「今日のご予定は？」と圭介が聞いた。

「午前中に宅配便が届く予定だから、それを受け取ったら出かけられるわ」

麻理恵は答えた。

「じゃ、そのタイミングで集合な」

「いいわ」

荷物はそれから間もなく届いたから、麻理恵は急いで食器を洗い、出かける支度をした。自転車用のインナーパンツ（股が痛くならないようにパッドがついている）を穿き、ストレッチが効いたデニムを穿いて、上は半袖Tシャツにパーカを羽織る。

ヘルメットは恥ずかしいのだが、安全のために被るようにと圭介から言われている。目に虫が入るのがいやだからサングラスもかけるので、かなり仰々しい格好になってしまう。でも、もう慣れた。

圭介は先に外に出ていて、タイヤに空気を入れてくれていた。自転車限定で発揮される夫のマメさが麻理恵はおかしくなる。自分のほうは、スマートフォンのアプリをセットする。走行距離を記録するためだ。

それからふたりで漕ぎだしていく。圭介はヘルメットを被らない。俺は転ばないし、転んだとしてもうまく転ぶ、と言いはっている。行き先はいつも夫が決める。麻理恵は彼の後をついていく。

「今日はどこへ行くの？」

と聞くと、

「内緒」

といつものように夫は答える。私たち、まるで仲のいい夫婦みたいね、と麻理恵は思う。


圭介が脚本を書いたテレビドラマの収録が終わり、ドラマ内で使われたロードバイクが記念として彼に贈られたのが、ちょうど一年ほど前だった。

それまでは体を動かすことにまったく関心がなかったのになぜかはまって、十キロほど先の事務所まで自転車で通いはじめたのを皮切りに、暇さえあれば二十キロ、三十キロと乗るようになった。新しい恋人が、そういうタイプなのかもしれないと、麻理恵は疑ったものだったが、二月の麻理恵の誕生日、夫からの贈り物は、彼が乗っているのと同じメーカーの新品のロードバイクだった。

運動神経はからきしだし、前傾姿勢で自転車を操るなどとうてい無理だと思ったのだが、仕方なくおっかなびっくり乗りはじめて、今では週に二、三回の頻度で夫婦でサイクリングする習慣になっている。悪くない習慣ではある。自分の足で歩いたり走ったりするよりずっと楽に、ずっと遠くまで行けるし、路地の店を見つける楽しみもあるし。もちろんいい運動にもなるし（自転車に乗るようになってウエストが二センチ減った）。

事務所へ行くときを除けば、圭介は今では麻理恵と一緒にしか乗らないから、自転車と女は関係なさそうだ。とすれば問題は、なぜ圭介は妻と乗りたがるのか、ということになりそうだった。


住宅街を抜け、大通りに出る。

この道は歩道の端が自転車専用に区切られているので、よく利用する。車の横をすり抜けて走らなければならないような道は、圭介は選ばない。麻理恵を自転車に乗せたいのと、麻理恵の走行スキルへの信頼はまたべつのことらしい。

人通りも少ないので、楽に走れる。それでも段差を乗り越えるのがこわくていったん止まったり、向こうから来た自転車とすれ違うときには意味なく減速してしまったりするので、先を行く圭介との距離は開きがちになる。運動ぎらいだったと言っても、中学、高校とサッカーをやっていた圭介の運動神経はまだ衰えていないらしくて、狭いところも段差も急カーブもすいすいと苦もなく走り抜けていく。

ときどき圭介は振り返る――走りながらよくあんなふうに後ろを向けるものだ、と麻理恵は感心するのだが。妻がちゃんとついてきていることを確認すると、圭介は再び前を向いて走りだす。それ以上距離が開かないようにスピードを調整しながら。

そうやって夫に気にかけられていることが、麻理恵はときどき不思議になる。圭介が普段つめたい、ということではない。外に何人恋人がいても、圭介は妻にやさしい。この不思議さは、互いの存在そのものにかかわっていることであるような気がする。

このひとはいったい誰だろう。どうしてここに、私のそばにいるのだろう。昔——結婚したばかりの頃、圭介はまだ恋人を作ることもなくて、あるいは作っていたとしても、その気配を家に持ち込むことはなかった頃、恋人がいる夫の妻に自分がなる日が来るなんて夢にも思っていなかった頃、紛れもない幸福な気持ちで、麻理恵はそう思ったものだった。同じことを今も思うのだ。このひとはいったい誰だろう。どうして私を振り返るのだろう。どうして私は、彼を追っていくのだろう。

「最近私たち、自転車に乗ってるのよ」

この前の電話で、麻理恵は姉の百合加にそう話した。

姉とは最近もっぱら電話で話す。以前のように頻繁に訪ねてくることがなくなったのは、一年くらい前から仙台の家で女性と住みはじめたからだ。まだ二十歳そこそこの、姉の娘と言っていい年頃の子らしい。レズビアン的な関係ではなさそうなのだが、ではどういう関係なのか、何度聞いても麻理恵にはよくわからない。きっと姉自身にもわからないのだろうと思っている。

「ついにあきらめたというわけかしら、圭介さんも」

姉がそう受けたので、

「あきらめたって、なにを?」

と麻理恵は聞いた。

「なにって、そうねえ……抵抗?」

「かもね」

と麻理恵は答えたが、実際には、むしろ夫は抵抗をはじめたんじゃないかしら、と感じていた。

「昔は警察沙汰《ざた》になったりしてたわよね」

百合加はそう続けた。考えもなしに頭に浮かんだことを口に出すのを了解し合っているようなところが、姉妹の間にはある。

「警察沙汰?」

「なにか殺人とか誘拐の嫌疑をかけられたんじゃなかった? あれは結局どうなったんだ

っけ」

「ああ、あれはとっくに解決済み。だって彼には鉄壁のアリバイがあったんだもの」

「鉄壁のアリバイ！」

面白い言葉に聞こえたらしく、百合加はケラケラと笑った。

「アリバイなんて、ふつうのひとはそうそうないのよ。鉄壁のがあるひとは、逆に怪しいのよ」

「たしかにね」

麻理恵も笑った。

「行方不明になった女のひとと、圭介さん、ちょっと悪いことしてたみたいなの。二年くらい経ってからかしら、酔っ払って帰ってきて、告白したのよ」

麻理恵は百合加にはなんでも話す。姉に話すと、どんなことでもたいしたことではないように思えてくるからだ。

案の定、百合加はさっきよりもあかるい笑い声を立てて、

「弱虫ねえ、圭介さんも」

という言葉で片付けた。

「そういえば、少し前にへんなことがあったわ」

それで麻理恵は、それも話すことにした。

「少し前」と姉には言ったが、実際には二年ほど前の出来事だった。さっさと忘れてしまおうと思っていたにもかかわらず、以後、いつも頭の片隅にあったのかもしれない。

電話がかかってきて、ある女と麻理恵は会ったのだった。会うことも会ったことも圭介には言わなかった。女は言わないでいてほしそうだったし、それがなくても、圭介に明かす必要があるとは思わなかった。

麻理恵の都合のいいところまで自分が出向くと女は言ったが、自宅のそばに来られるのはいやだったので、渋谷のホテルのラウンジで会った。お互いに顔を知らないのにどうやって相手を見つければいいのかと聞いたら、私があなたを見つけますからと女は言って、麻理恵は辛子色のベレー帽という自分の目印を女に教えた。その帽子をちょうど買ったばかりだったし、目立つからすぐわかるだろうと思ったのだが、実際にそれを被ってラウンジに座っているのはへんな感じだった。いったいこれは何の目印だろう、という気分になったのだ。女に見つけてもらうためというより、自分が特殊な人間であるという徴みたいだった。

「武藤圭介さんの奥様でいらっしゃいますか」

というのが女の第一声だった。それもまたおかしな呼びかただと麻理恵は思ったが、以後はずっと「奥さん」と呼ばれた。女はたしか有田という名前で――電話でも聞いたし、名刺ももらったがフルネームは覚えなかった――、見た目四十二、三くらいの、つまり麻理恵より少し若いくらいのフリーライターだった。

約十年前に失踪した小堺晶の関係者に話を聞きたい。それが有田の用件だった。もちろん、まずは圭介にコンタクトをとったが、にべもなく断られたのだという。しかしあきらめきれずに、再度電話をしてみたら麻理恵が出た。それでとっさに方針を変更し、彼の妻から話を聞くことはできないかと思い至った――そこまでは電話で聞いていた。

「話を聞いてどうするんですか」

ごく素朴な疑問として麻理恵は聞いた。注文したカモミールティーは、ガラスのポットで恭《うやうや》しく出てきたわりに、時間を置いてカップに注いでもほとんど味がしなかった。

「なにか書けるんじゃないかと思ったんです。書きたいんです。小説になるかノンフィクションになるかはまだわからないんですけど」

「本のためなんですね」

これもまた単純な了解を示しただけの応答だったのだが、有田は慌てたように「晶は大事な友だちだったから」と言い足した。

「……友だちだったから、なんなんですか？」

「あ、つまり……彼女がいなくなって十年余りが経って、私自身も忘れていることのほうが多くて。それは仕方がないことだと思うんだけど、そのことが、仕方ないっていうことがすごく辛くなることがあって。晶は死んでしまったわけじゃないのに。どこかにいるかもしれないのに」

麻理恵は小さく頷いた。今度ははっきりと、軽蔑を表情にのせて。まるでこのお茶みたいな言い訳だと思った。でもその一方で、言い訳とは大概そんなものだとも思っていた。そうしてひとは、始終言い訳ばかりしているものだと。自分自身にしたってそうだった。会う必要もない女に会いに、自分自身に山ほど言い訳してやってきたのだから。

「電話でもお伝えしましたけど、私は、ほとんど何も知りません」

じゃあなんのために来たのかとこの女は聞くだろうかと思いながら麻理恵は言った。ええ、ええ、承知していますと、有田はせわしなく頷いた。

「私が奥さんに伺いたいのは武藤圭介さんのことなんです。武藤さんは、晶さんのことをご存知でしたよね。つまり……私と晶は、武藤さんの九州の別荘へお邪魔したことがあるんです。もちろん私たちだけじゃありません。私がご主人にインタビューした縁で、ホームパーティに呼んでいただいて。晶が行方不明になったとき、その別荘がある山へ向かっていたらしいということがわかって、それで武藤さんにも問い合わせがあったと思うんですが……」

有田がもってまわった言いかたをしたのは、圭介と小堺晶の関係を麻理恵がどこまで知っているのか測りかねていたからだろう。「小堺晶さんのことで」と電話ではっきりその名前を出しておきながら、今更遠慮してみせるのは笑止千万というものだったが。

「ええ、問い合わせはあったみたいですね」

警察からの、というところはわざとぼかして、麻理恵は言った。

「それで、夫についてどんなことをお知りになりたいんでしょうか」

「晶さんが行方不明になっていると知ったときの、武藤さんのご様子です。それから、この十年、晶さんについて何か思い出したり、あるいはたんに言及されたことがあるかどうか……」

「あなたは、夫を疑ってらっしゃるの？」

「いえ、いえ、まさか」

有田は首をぶんぶん振った。

「私は刑事でも探偵でもないし、犯人探しをするつもりはありません。ひとがひとり突然消えてしまったときの、周囲の人間の反応、というのを収集したいだけです。例えば奥さんは、晶さんの名前をご存知だということは、武藤さんからある程度お話を聞いたからだと思いますけど、そういう立場のかたの反応というか感慨みたいなものもできれば知りたいです」

「私は、なーんにも思わなかったわ、申し訳ないけど」

有田がぎょっとした顔になったので、いい気味だと麻理恵は思った。

「だって会ったこともないひとですもの。突然だろうが、生きていようが死んでいようが、感慨の持ちようがないわ。外国の映画俳優か誰かが死んだときのほうがまだシンパシーの感じようがあるわ」

「……わかりました。それもひとつの反応として、参考になります。では武藤さんはいかがでしたか」

麻理恵が遠慮を捨てたぶん、自分もそうしてもいいだろうと有田は思ったようだった。

「彼はね、異常だったわ」

「え?」

「ものすごく落ち込んだり、そうかと思うとはしゃぎまわったり。ものを食べずにお酒ばかり飲む日が続いたかと思うと、突然吐くまで食べてみたり。怒鳴ってみたり泣いてみたり。仕事場から何日も戻ってこなかったり、戻ってくればきたで真っ裸で歩きまわったり。大声で歌ったり。もう俺たちは終わりだと言ってみたり、俺を捨てないでくれと懇願してみたり」

有田は目を丸くして、それから眉をひそめた。

「本当ですか」

「嘘よ」

麻理恵はあかるく言い放った。

「お話しするようなことが何もないから、作ってみたの、ごめんなさい。夫があのときどんな様子だったか、私、ぜんぜん覚えてないんです。警察に呼ばれたことはお酒の席で面白おかしく話していたみたいだけど、とりわけどうという印象もなかったし。いなくなった女のひとのことも……。あなたもご存知の通りに、彼女は一時期夫の恋人だったみたいです、でもそういう女のひとはたくさんいたから、彼女だけがとくべつということはなかったのよ。だってどの恋人も結局は彼の前から消えていくんですもの」

「すごい自信」

有田は呟いた。頭の中の声が図らずも洩れた、というふうを装っていたが、あきらかに麻理恵へ反発あるいは嫌悪感を伝えていた。麻理恵は微笑み返してやった。

「お役に立てそうもなくてごめんなさい。小説かノンフィクションか、ってさっきおっしゃってたけど、小説をお書きになったらいいんじゃないかしら。小説なら、嘘だろうがでたらめだろうが問題ないでしょ？　余計なお世話かもしれませんけど」

麻理恵はそう言って、もう面会は終わりだということを相手に伝えるべく、レシートに手を伸ばした。

角を曲がれば見えると思った夫が見えない。

自転車を停めてぼうっとしていたら携帯が鳴った。どこにいるんだ、と笑いながら圭介が聞く。麻理恵は交差点の名前を言った。その場で待っているように言われ、間もなく通りを渡った向こうの小径《こみち》から、圭介が戻ってきた。やはり笑っている。

「道順に気を取られて、麻理恵のことを忘れてた」

「思い出してくれたから許すわ」

夫とともに小径を抜けるとまた広い通りに出て、通りに沿って木々を繁らせる公園が、今日の目的地だった。自転車を駐輪場に停め、園内のレストランにふたりは入った。テラス席を圭介は事前に予約していた。

「ちょっと寒いかな」

「ううん、気持ちいいわ」

ランチはセットメニューのみだったので、二種類注文してシェアすることにした。ワインのかわりに圭介はノンアルコールビールを、麻理恵はジンジャーエールを飲む。自動車同様に自転車も飲酒運転が禁止されていることは麻理恵も知っているけれど、それを夫が律儀に、昼の一杯のワインすら自分に許さずに守っていることが、やっぱり可笑《おか》しくなる。

「たいして旨い店じゃないな」

前菜をあらかた食べ終わったところで圭介は言った。

「公園の中だもの。味は二の次よ」

「二の次か。そうだな。まあ景色はいいよな」

圭介はフフッと笑う。自分の科白に笑っているのかもしれないと麻理恵は思う。たまにふたりで、彼の知人がプロデュースしたテレビドラマなどを観ているとき、陳腐な科白にフフッと笑うように。

パスタが運ばれてくる。ポルチーニのクリームソースが麻理恵の前に。アラビアータが圭介の前に。

「最近、姉さんどうしてる」

夫婦のサイクリングには、行った先での食事やお茶がもれなくついてくるから、会話の機会もそれまでより多くなった。それで夫は百合加のことを聞いたりもする。

「おかしなことになってるみたい。花《はな》ちゃん、最近泥棒するんですって」

花ちゃんというのは姉の同居人の娘のことだ。

「何かしら家の中からなくなるらしいの。指輪とか、コーヒーカップとか、ブラウスとか」

前回の電話で、自転車や圭介の「警察沙汰」の話を終えたあと、姉から聞いた話だった。自分が姉になんでも話すのと同じ理由で、姉から聞いたこともほとんどなんでも夫に話してしまう。そのことは姉も承知しているはずだ。

「泥棒って……簡単に言うなあ。自分がどっかに置き忘れてるんじゃないのか」

圭介は苦笑する。

「それも考えたけど、絶対違うって。だって姉としては花ちゃんを疑いたくないんだもの。だからいろいろ可能性を考えて、でもやっぱり花ちゃんが盗《と》ってるのは間違いないって」

「盗んでどこかで売っぱらってるってことか?」

「ううん。姉はそんな高価なものは持たないひとだもの。お金のためじゃなくて、癖なんじゃないかって」

「盗癖か。またやっかいな女を引っ張り込んだもんだな」

「ものがなくなるのはべつにいいんですって。ただそのことをもしかしたら怒ってほしいと思ってるのかもしれないって。黙ってたほうがいいのか、言ったほうがいいのか、わからないって」

「なるほどね」

取り替える？　と圭介は自分のパスタの皿を持ち上げた。皿を入れ替えて、麻理恵は赤いソースが絡まったペンネを口に運ぶ。

「そっちのほうが旨いな」

と圭介はクリームソースの感想を述べた。

「そう？　じゃあもう一度取り替えてあげるわよ」

「いや、いいよ」

パスタの味はどうでもいいのだろう、と麻理恵は思う。ただ姉の話題を打ち切りたかっただけなのだ。夫は衰えたと思う。以前なら、さっきのような話ごときで警戒したりはしなかったし、警戒したとしてもそれをあからさまにするようなことはなかった。もっとうまく、スマートにやり過ごした。

「なんだよ、なに笑ってるの」

「あなたが子供みたいだから」

衰えたから自転車に乗ってるんだわ。実際には、そう考えて笑ったのだった。

鮮やかな緑色のトックリセーター。

はじめて会ったとき、圭介が着ていたのがそれだった。タートルネックではなくトックリという言いかたが浮かんでくるのは彼がそう言ったからで、そのことをうっかり好ましく思ってしまったことが、すべてのはじまりだった。

麻理恵は麻布の画廊でアルバイトをしていた。美術にとりたてて興味や造詣があったわけではなかったから、客をソファに案内したりお茶を出したりコピーをとったりファクスを送ったり、簡単な梱包を手伝ったりするのが仕事だった。地方の大学を卒業したあとロンドンに二年間留学し、帰国して父親のコネでそういう仕事にありついたのだ。東京の画廊で絵を買うような男にうまい具合に見初められ、いいところに片付いてくれればいいというのが父親の目論見《もくろみ》に違いなかったのだが、結局はその通りになった——「いいところ」だったのかどうかはともかくとして。

リトグラフの個展のオープニングパーティに、圭介はやってきたのだった。緑色のトックリセーター、穿き古した細身のデニム、コーデュロイのジャケットという出で立ちで。緑色の鮮やかさも、今よりもずっと長かった髪も、目を引いた。といって麻理恵は惹かれはしなかった。良くない男であることは――とりわけ自分のような、波風のない呑気な人生がいちばんの望みであるような女にとって――一目見た瞬間に察知できたからだ。

パーティの間受付の後ろに掛けてあった客たちのコートの取り違えがあって、そのうちのひとりが圭介の知り合いであったことから、麻理恵は圭介とその日の終盤ずっと一緒にいることになった。いい色ですね、と麻理恵がセーターのことを言ったのは、取り違えた人からの連絡を待っている間、話すことがあまりなかったからだ。自分じゃ絶対買わない色だけど、おふくろからのプレゼントだから仕方なくね。というのが圭介の答えだった。トックリセーターって俺、苦手なんだけど。なんか首輪がはまってるみたいな感じ、しない？　麻理恵は笑い、このひとに好かれたい、と自分が思っていることに気づいた。

そのセーターを、圭介はずいぶん長い間愛用していた。結婚三年目、麻理恵が別れたいと切り出したときにも着ていた。彼に恋人がいることがわかって問い詰めた、最初で最後のときだ。それに、子供はいらない、この先もずっと作る気はないとはっきり言われた少しあとのことでもある。俺は別れたくないけど君がどうしても別れたいならしょうがない、と言われて、結局別れることができなかった。

それから間もなく、夫の服を片付けていたら緑色のセーターが目について、発作的に捨ててしまった。あのセーター、捨てたわよ、もう肘《ひじ》のところが毛玉だらけだったから。ゴミ収集車が走り去ってから告げると、ああサンキュ、といとも軽い調子で圭介は頷いた。

ごめんなさいね、お義母《かあ》さんからのプレゼントだってこと、捨てたあとで思い出したのよ。麻理恵は言った、夫からもっとべつの反応を引き出したくて。おふくろから？　俺そんなこと言ったっけ？　と圭介は言った。お袋から着るものもらったことなんて、大人になってからは一度もないよ、彼女が選んだものなんか俺が着ないことあっちもわかってるからさ。笑いながらそう言ったのだった。


あのセーターのこと。

あれは夫を許せないと思う理由のひとつだ。麻理恵はそう考える。

許せないことはほかにもたくさんある。子供を持てなかったことだって、何人もの恋人のことだって、もちろん行方不明になった女とのことだって、私は許しているわけじゃない。

でも、許せない、と、別れない、は両立する。両立してしまう。だから私は混乱するのだ。

向こうから、オレンジ色のユニフォームを着た少年たちがやってくる。中学生のサッカーチームなのだろうか――どうして平日のこんな時間に公園にいられるのかわかりようもないが——すでに練習を終えたらしく、泥だらけで笑いながら歩いてくる。道いっぱいに広がって、自転車を押している子もいるし、喋ったり小突きあったりすることに夢中で周囲にちっとも注意を払わないから、麻理恵は行く手を塞《ふさ》がれた格好になって、とうとう自転車を降りてしまう。

苦もなく少年たちの間を縫っていった圭介は、麻理恵が再び自転車に跨《また》がったときには、遥か先を走っていた。ときどき、こういうことがある。少年たちが麻理恵の障害物になるということに思い至らないのだ。あるいは何か考えごとをしていて、一瞬にせよ、私のことを忘れてしまったのかもしれない。

しかし道はまっすぐに公園出口に繋がっていたから、はぐれる心配はなかった。一生懸命スピードを上げて公園を出ると、大通りに沿った広い歩道を走って行く圭介の背中が見えた。圭介がようやく振り返る。

もっと近くにいると思ったのだろう、探している。ふたりの間に一台、子供をふたり乗せた母親の電動自転車が走っているので、麻理恵の姿が隠れているのだろう。体を半分ひねって、後ろを向いたまま圭介は走っている。どうしてあんなふうに振り返るのだろう。麻理恵はまたそれが不思議になる。どうして私を探すのだろう。私以外にもたくさんの女をあのひとは持っているのに。どこかに消えてしまった女さえ、あのひとの心の中には今も棲《す》み着いているらしいのに。

歩道の先は横断歩道だ。圭介はまだ前を向かない。麻理恵を見つけて、笑っている。信号は青だが、大きなトラックが左折しようとしている。

麻理恵は夫から目を逸らした。どうしてそうしたのかわからない——もしかしたら自分の表情によって、自分に危険が迫っていることを彼にわからせたくなかったのかもしれない。あるいはひとが撥《は》ね飛ばされたり血を流したりするところを、見たくなかったからかもしれない。

しかし視線を戻すと、圭介は緩い弧を描いてトラックを避《よ》けて、横断歩道を渡りきるところだった。渡ったところで停まり、あらためて妻のほうを振り返った。麻理恵は笑顔を返して、夫に追いつくためにペダルを踏んだ。

9

この頃あまり喋らなくなった勇人《はやと》から、めずらしく電話があった。いつものように学校から一緒に帰って、アーケード街の入口で別れてから十分と経っていなかった。神社で待ってるから出てこられないか、と言う。結生は行くと答えた。制服からセーターとデニムに着替えダウンを羽織って、スマイルを連れて家を出た。

赤いダウンジャケットは、買ってもらったばかりだった。新春セールだったとはいえちょっと高くて、父親はしぶったがママさんが買ってくれた。ママさんというのは父親が再婚した相手のことで、中学を卒業する頃までは「美園さん」と名前で呼んでいたが、去年、十六歳になった日にふと思い立って熟考し「ママさん」と呼ぶことに決めた。父親も後妻さんもどう受け取ればいいか迷っているふうだったが、結局「美園さん」よりは「ママさん」がましだという結論に至ったようだった。

やっと勇人にダウンを見せられる、と結生は思った。三学期がはじまってから学校への行き帰りはそれまで通り一緒だったが、私服で会う機会がぱったり減っていたのだ。サッカーもっとがんばることにした、というのが、本人からの説明だった。部活以外でも自主トレをやっているので、疲れているしサッカーのことで頭がいっぱいなので、結生と会話する余力が削られているらしい。

神社というのは駅へ行く途中の左の丘の石段を登ったところにある小さなお社《やしろ》だった。

結生と勇人の自宅のちょうど中間地点で、いつもほとんど人気がない場所だったから、以前は始終そこでふたりで過ごしていた。石段の途中から勇人がこちらを向いて立っているのが見えたから、結生は大げさに手を振った。なにかもっとふざけた真似で応えてくれると期待していたのに、勇人はくるりと背を向けてしまった。

社の横手の斜面に、誰かが不用品を置いていったみたいなベンチがあって、結生が上がると勇人はそこに座っていた。スマイルが尻尾を振りながら先に近づいていく。勇人は犬の頭を撫でようとしなかった。

「なんで無視するの」

結生は言った。

「スマイルがかわいそうじゃなかね」

勇人は困った顔で結生を見た。

「ちょっと、座ってくれんね」

「はいはい。かしこまりましてございます。隣に失礼いたします」

勇人は笑わなかった。結局、その日は一度も笑わなかった。「ごめん」としきりに言った。まるで天ぷらの衣みたいだと結生は思った。「もう付き合えない」というのがその中身だ。

「なんで」

と結生は聞いた。

「ごめん」

「ごめんはもういいから。理由が知りたかとよ、うちは」

「ごめん、なんかちょっと違うかなって」

「なにが。なにと」

「うまく言いきらんけど、とにかくもう無理だから」

勇人は立ち上がった。遊んでもらえると思ったスマイルがじゃれかかると、乱暴にではなかったが押し戻した。勇人を呼び止めるように、ダウン、と思わず結生は大きな声を出してしまった。新しいダウンをぜんぜん見てくれなかったからだ。見てくれさえすれば事態が変わるような気がしたのだ。でも勇人は一瞬振り返り、いっそう困った顔をしただけで、行ってしまった。


その日の夕食は豚肉のしゃぶしゃぶだった。

「うちは今日、死ぬほどたくさん食べるけん」

食事のはじめに結生は宣言した。親たちは笑う。

「いつも馬のごと食べとるやなかね」

父親が言う。

「今日はカバのごと食べるったい」

「なしてや?」

「やけ食い。うちは今日ふられたとよ」

一瞬、間ができてから、

「ふられたって、勇人くんに?」

とママさんが聞く。勇人は店に来たこともあるし、結生の「ボーイフレンド」であることは父も知っている。

「そう。もう無理なんだって」

結生は鍋の中に箸を泳がせ、豚肉を数枚まとめて取り皿に浚《さら》った。

「どういうこつね、そりゃ……」

父親の声が怒気を帯びる。どういう反応をしていいかわからないから、とりあえず怒ることにした、という感じだ。

「ちょっとケンカしただけじゃなかと?」

とりなすようにママさんが言った。結生は席を立ち二膳目のご飯をよそってきた。「あっちはそのつもりかもね」と返す。

「でも、うちはもういらん。むかついた。新しいのを探す」

また間があってから、「あらあら」とママさんが言った。父親は苦笑している。今度は笑うことにしたようだ。

ご飯を三膳お代わりし、ぱんぱんになったお腹を抱えて、結生は自分の部屋に戻った。くっついてきたスマイルと一緒に布団に座り、寄りそいながら、勇人の携帯に電話をかけた。

「はい」

と勇人はすぐに出た。今まで聞いたこともない、そっけない応答ではあったけれども。

「何？」

とさらにつめたい声で聞かれた。がんばれ。結生は自分に言う。ご飯だってあんなに食べられたのだから。

「まだ納得してなかとやけど。なんであたしのことをきらいになったと？」

溜息。それから、

「きらいになったわけじゃなか」

と勇人は言う。結生は体を倒して、後頭部をスマイルの腹にくっつける。八畳間の広々とした座敷が、結生の部屋として与えられている。ママさんが来たとき、それまで寝起きしていた六畳の洋室からこちらに移ることになった。夫婦の寝室の隣の洋室は、今はママさんのウォークインクローゼットになっている。

去年、美園さんをママさんと呼ぶことにしたのと同じ頃、結生はこれも突然思い立って、それまでカーペットを敷いて洋室ふうに使っていた部屋を、元の和室に戻した。ベッドは解体してマットレスだけを敷き、勉強机は倉庫から発掘した文机《ふづくえ》だし、床の間にも古いガラス製品や小抽斗なんかをディスプレイしている。

その部屋を結生はぼんやりと眺める。眺めている間、勇人は黙っている。私が喋らなければもう会話にならないのだ、と結生は気がつく。

「じゃあ、なんで」

沈黙。

「ほかに好きな子ができたと?」

いや、という、ごく小さな声が聞こえる。

「じゃあ、なんでよ? きらいになったんじゃなくて、ほかの子を好きになったわけでもないなら、なんで付き合えんと?」

信じられないことが起きた。いきなり電話を切られたのだ。勇人にかぎらず誰からも、そんなことをされたのははじめてだった。

携帯を握りしめたまま、結生は再び部屋を眺めた。ばかみたいな部屋だ、と突然思った。「日本趣味の外国人の部屋たいね」という感想を父親は述べ、それを聞いたときには、褒め言葉みたいに聞こえたものだったが。その前に洋室ふうにしていたときにも、ばかみたいだと思ったから、和室に戻したのだったが。

ばかみたいだ。私ってばかみたい。


結生が通っている高校は、神社の反対側の丘の中腹にある。

あとちょっとがんばれば入れると教師に言われて、あとちょっとがんばった。ちょっとがんばるのが自分は得意なのだと結生は思っている。あるいは「ちょっと」の加減をするのが得意なのかもしれない、と。

「なんか、ふられたっぽい」

昼休み、机をふたつずつ向かい合わせに並べて弁当を食べながら、結生はミクやレイやカノコに言う。そう決めていたわけではないのだが、昨夜、父親とママさんに明かしたとき同様に、言ってしまう。

「うっそ」

「マジ？」

「なんで？」

と小気味良い反応が返ってくる。わかんない、何も言ってくれんとよと結生は言う。

「サイテー」

「むかつく」

「勇人のほうから告《こく》ったとやろ」

本音も、結生がいないところではどうかもわからないが、とにかく今この時点では、全員が結生に味方してくれる。結生は卵焼きを口に運ぶ。今日のは中にサクラエビが入っている。ママさんの卵焼きおいしいね、とつい言ってしまったことがあって、以来、弁当のおかずに卵焼きが入っている率が高い。そのときはまず卵焼きから片付ける。片付ける、と思ってしまうということは、じつはあまり好きじゃないのかもしれない。

「で、どうするとね？」

代表のようにミクが聞いた。

「許さない」

と結生は答えて、「おおー」と女子たちは感嘆した。

それで、その日の放課後、結生は校舎の前の花壇の縁《ふち》に腰掛けて、校庭を見ている。校庭ではサッカー部が練習しているからだ。女子たちとくに約束がない日は、ここで勇人を待って一緒に帰るのが習慣だった。

帰宅する女子たちの何人かが、「結生、がんば」と声をかけてくれる。お弁当チームとはべつの子もそうするから、結生と勇人の破局はすでに広範囲に知れ渡っていると思っていいだろう。サッカー部のほうでもちらちらこちらを見ている。勇人が明かしたのではなく、噂がそこまで波及したのだろう。勇人だけが不自然にこちらを見ない。

結生は油断していた。というか、自分が置かれている状況についてまだ認識が甘かった。練習が終わるまで見ていたのだが、気がつくと勇人はいなくなっていた。結生をまいて帰ったらしい。

そしてその夜、電話がある。きっと謝るつもりなのだろうと思って取ると、「ああいう真似はもう絶対にしないでくれ」と強い声で言われる。

「じゃあ理由を言ってよ」

「言うよ。好きな子ができた」

その夜はほとんど間を置かず、勇人はそう答えた。

「嘘」

「嘘やなか」

「じゃあ会わせてよ、その子に」

わかった、と勇人は言う。翌日の土曜日、午前十時に神社で会うことになる。


行方不明になろうとしたことがある。

小学校四年のときだった。

行方不明というのは「いなくなる」ということだとわかっていたが、どうしたら「いなくなれる」のかわからなかった。どこかへ行けばいいのだろうと思ったが、どこに行けばいいのかわからなかった。

あのときも、とくべつなきっかけがあったわけではない。朝、学校へ行く途中で思いついた。そうだ、このまま行方不明になってみようと。それでどうしたかといえば、通学路の途中で横道に入って逆方向へと歩いていき、そうすると家の近くに戻ってしまうからさらに歩いて、最終的には神社へ登ったのだった。

あの頃はまだベンチはなくて、社殿を囲む石積みにもたれて座った。着いて三十分ほど経った頃、誰かが上がってくる気配があって、急いで石積みの内側に回り込んで隠れた。

上がってきたのは犬を連れたおじいさんで、結生に気づくことなく通り過ぎて、反対側の石段を下っていった。それで、ああ今自分は行方不明なのだ、と思った。

行方不明は静かで、白っぽくて、やわらかかった。景色も苔《こけ》の匂いも、背中に触れる石の感触さえ、ゼリーみたいにとろんとしていた。結生は膝を抱えて、目を閉じた。このまま眠ってしまえば、本物の行方不明になれる気がした。でも決して眠れはしないのだった。

結局、そこにいたのは一時間ほどだった。四月だったのでじっと座っていると寒かったし、何より退屈に耐えきれなかった。石段を下り学校ではなく家に戻って、「お腹が痛くなったから帰ってきた」と嘘を吐いた。まだママさんはいない頃で、父親は店に出ていて忙しく、疑うひとはいなかった。学校へ連絡したのかしなかったのか、その辺りのことはよくわからないのだが、その日の残りをおとなしく寝ているだけですんだ。結生が神社に潜んでいたことは、誰にも気がつかれなかった。

だからあれはやっぱり、行方不明だったのだ、と結生は思う。気づかれず、叱られなかったせいで、小一時間潜んでいた石積みの陰はどこでもない場所になった気がした。もう二度と行けない、この世のどこでもない場所に。

その朝はスマイルは連れていかなかった。勇人が新しい彼女と一緒にいるところを、犬に見せたくなかったからだ。赤いダウンは着ていった。鎧《よろい》みたいな気分で。

勇人は十五分近く遅れてきて、そのうえひとりだった。彼女はどうしたのだと聞くと、言えんかった、という答えだった。

「どうしてよ。約束したとに」

「だってシュラバになるもんね。会わせてほしいとうちが頼んで会うとやから。言えんかったって、嘘でしょう。ほんとは誰もおらんとでしょう」

「おるよ」

「じゃあ名前教えて」

「いやだ」

「なんでよ?」

「教えると、結生はまたいらんことばするやろ」

ふたりはベンチではなく社殿の横に、曖昧な距離をとって向かい合っていた。勇人がベンチに座ろうとしないからそうなったのだが、その場所はベンチの後ろの木立と社殿に挟まれて、逆にベンチよりも匿《かくま》われていた。

「彼女に迷惑ばかけたくなか」

勇人のその言葉がきっかけになって、結生は彼のほうへ一歩踏み出した。

「キスしてよ」

二度だけしたことがあった。二度目に勇人がもっとほかのこともしようとしたから、押しのけて、それきりしなくなっていた。してもいいよというタイミングを計っているうちに、勇人が喋らなくなったのだ。

勇人が後ずさったので、結生はさらに数歩進んで、もう後ずさることができないように、勇人の両腕を摑んだ。摑んだことでさらに体が近づいて、すぐ前に彼の顔があり、見上げるために首を反らしたら、胸が彼の体に触れた。ダウンの前を開けていたから、白いセーターのまるみが直接触れたのだ。そのまま結生は自分からキスをした。逃げられたくなくて、食いつくように唇をかぶせた。

勇人の腕が結生の手から逃れて、結生の体を強く抱き寄せた。それから右手が、二度目のときと同じ動きで胸のほうへ上がってきた。結生はされるままにしておこうと努力した。でもそれは一瞬のことだった。

結生を突き飛ばすようにして、勇人は離れてしまった。びっくりしたような顔で結生を見て、それから目を伏せ、駆け去っていった。

らしい。

「嘘じゃなくて、本当にいるんだな」ということは、そのときすでに気づいていたのだ。気づいていたからこそ胸を触らせたのだが、どうやら結生の思惑とは逆方向に作用したらしい。

月曜日に結生は、その女を見た。朝、校門のところで勇人と話しているのを見たし、昼休みに校庭の、まさに結生がそれまでそこに座ってサッカー部の練習を眺めていた場所に並んで座っているのも見た。どう考えてもデモンストレーションだった。クラスは違うが、女のことは知っていた。勇人と同じB組の内藤《ないとう》かんなだ。知っていたのは、男子に人気があるからで、人気があるのは、巨乳でかわいいからだった――どちらかといえば特徴的なのは巨乳のほうだという印象を結生は持っていたが。

もちろん結生だけでなく多くの生徒が、勇人とかんながいかにも睦まじくしているところを目撃したわけだが、その日、いつものように机を合わせて弁当を食べているとき、そのことを率先して話題にしようとする者はいなかった。それで結生は逆に、ああこれはもう決定的なんだな、と理解した。もしかしたら勇人とかんなが付き合っていることはミクもレイもカノコもじつはとっくに知っていたのかもしれない。私だけが「行方不明」になっていたのかもしれない。

その日の終わり、結生が教室から出ると、勇人とかんなが廊下にいた。そうじゃないふりをしていたが、結生に見せつけるために待っていたに違いなかった。結生はふたりを──どちらかといえばかんなを──睨みつけた。突っ立ったまま、じっと。いちばん先に勇人が目を逸らして、いかにも恋人然とした仕草でかんなを促し、立ち去った。

まったくこれは行方不明だと結生は思う。

勇人の振る舞いも、自分がそんな振る舞いをされているということも、とうてい信じられなくて、べつの時空にさまよい込んだような感じがする。

今日もひとりで帰ってきた。先週の木曜日までは勇人と一緒に帰っていたのに、その習慣はなんの相談もなく、許可を求められることもなく、あっさり失われてしまった。同じ方向へ帰る女子たちもまだ誘ってはくれない。彼女たちから誘われるだけの日数がまだ経っていないからで、このことでも、自分が誰にも見えない場所に浮かんでいるような気分だ。ひとりで帰る道は綿でできているようにふわふわしている。店の前まで来たとき、携帯電話が鳴り出した。

きっと勇人だと思ったのだが、知らない番号だった。もしもし。聞こえてきたのは女の声。

「あたし、内藤だけど」

とその声が言う。内藤かんなだった。

「今日みたいなの、こわいんやけど。もうあきらめてくれるかな。気の毒だとは思うんやけど」

結生は黙っていた。何か言い返したかったが、どう言い返せばいいのかわからなかった。

「あんた、お母さんが殺されたとでしょう」

少し口調を変えて、かんなが言った。

「殺された？　そがん話になっとるとね？」

結生は言った。少し調子が戻ってきた。このことにかんしては小さな頃から、防御と攻撃を考え尽くしてきたと言っていい。

「うちはよう知らんけど、勇人はそがんふうに考えとるとよ」

かんなは幾分怯んだ様子になりながらも、だから勇人は結生に同情していて、自分とのことをはっきり伝えられなかったのもそのせいだ、というようなことを説明した。

「自殺してやる」

結生は言った。

「は？」

「勇人にふられたんならもう生きててもしょうがなか。自殺してやる。そいで、遺書にあんたちの名前を書いてやる」

「ちょっと、ちょっと待たんね。今、うちが……」

結生はぷつりと電話を切った。この前、勇人からそうされてびっくりしたが、自分でそうするのもはじめてのことだった。なるほど、なかなか溜飲《りゅういん》が下がる、と結生は思った。


インターフォンが鳴り、店に出ていたママさんから「お友だちが来とるよ」と告げられる。勇人であれば「勇人くん」と言うだろうと思いながら出ていくと、店先に立っていたのはやはり内藤かんなだった。黒いダッフルコートにデニムにブーツ、どきっとするくらい大人っぽい、洒落た私服姿で。

「おかしなことば言うから……」

「ママさん、ちょっと出かけてくるけん」

結生は慌ててかんなを遮った。自殺云々《うんぬん》はかんなを攻撃するための言葉であって、ママさんや父親に聞かせると、あとが面倒になってしまう。

夕食までには帰るという約束をママさんとして、結生はかんなとともに歩きだした。午後五時少し前で、アーケード街を抜けると辺りはもう暗かった。スタスタと歩くかんなを結生が追いかける格好になった。自殺してやる発言で優勢になっていたはずなのに、私服姿に気圧《けお》されたせいか、再び旗色が悪くなってきた。どこへ行くんね、と聞いてみる。静かに話ができるところ、という答えがある。

港のほうへ近づいてきたので結生はどぎまぎした。この辺りには子供だけで行ったらいかんと言われていて、もう子供じゃないと思うようになってからも積極的に行こうとは思わなかった。バーやクラブのネオンがぎらぎらと光っている。ネオンのない店の扉をかんなは開けた。店内も薄暗くて、オレンジ色の間接照明がコの字形のカウンターをぼんやり浮かび上がらせていた。その奥にいるのはアメリカ人だった。

入ってきたふたりをじろりと睨んだその男が次の瞬間には破顔して「カンナー」と呼びかけた。かんなのほうはとくに愛想も見せず片手を上げて応じる。カウンターに並んで座った。ほかに客はいなかった。賑わうとしたらもっと遅い時間なのだろう。ジム、ユキ。ユキ、ジム。とかんなが手早く紹介した。差し出された巨大な手を、結生は精一杯平静を装って握り返した。

「ビール飲む?」

結生は頷いた。まったく飲みたくなかったが、頷くしかない。ツービア、と無造作に注文し、オーケイ、とジムもことともなげに受けた。きっとこの界隈《かいわい》では、高校生にアルコールを飲ませることを気にする人はいないのだろう。

「よく来るの？」

ジムが後ろを向いている間に、結生は聞いた。

「母のカレシだから」

とかんなはジムのほうへ親指を向けて、ちょっと考えたあと、

「三年くらい前から」

と付け足した。結生は頷く。これもやっぱり頷くしかない。

クアーズという銘柄の缶ビールとグラスがカウンターに置かれ、ふたりはそれぞれ注いだ。かんながグラスを掲げるので、結生もそうして、カチリと合わせた。なんだかおかしなことになっている。

「今はじめて気がついたとやけど、ここに連れてきたの、あんたがはじめて」

かんなは水でも飲むようにグラスを呷った。

「へえ」

と結生は間の抜けた声を返して、自分も飲んだ。飲んだことがないわけではないが、得意というものでもない。

「自分で、ちょっとびっくり。なしてやろ」

「なして？」

「いや、ほら、自殺するとか言うけんさ」

「うん」

「ていうか、母親が同じアレだからやろか」

「えっ」

「いや、うちの母は生きとるけど」

ははっと、かんなは笑った。結生もなんとなく笑ってしまった。

「それ、カッコよかね」

結生が着たままのダウンを指してかんなは言った。

「ありがと」

「でも暑くない？」

「まあ、ちょっと」

結生はダウンを脱いで隣のスツールに掛けた。

「フレンズ？」

ジムが結生に向かって聞いた。そろそろ何か話しかけるべきだと思ったのかもしれない。

イエスと答えるのがいちばん簡単だろうが、だからといってすんなり肯定もできない。

「ノー。エネミー」

考えた末にそう答えた。今となってはかんなを敵視しているわけでもなかったのだが、複雑な気分を初対面のアメリカ人に伝える気も英語力もなかったから、その言葉になった。

エネミー？　ジムは目をまるくしてふたりを見比べ、にやにや笑った。ジョークと受け取ることにしたのだろう。かんなが結生には聞き取れない英語で何か言い、ジムは肩をすくめて離れていった。巨乳でかわいくてそのうえ英語もできるとなればかなり手強《てごわ》い。

「エネミー、もうやめてよね、自殺するとか」

かんなは言い、ごくごくとビールを飲む。

「いや、言ってみただけやから」

結生もグラスの残りがかんなと同じくらいになるように急いで飲んだ。目の縁が温かくなってくる。

「なーんかさ、勇人も。あんたのときと似たような理由でうちにくっついとるのかもしらん」

「似たような理由って？」

「だから、ちょっとしたドラマがある女子というか」

「なんだそれ」

「なんだそれよね。なんだーそれ！」

かんなが酔っていることに結生は気づいた。ひょっとしたら結生よりもアルコールに弱いのかもしれない。それからしばらくしてかんなは、「あんたのことがちょっと好きになった、もう勇人とは別れる」と言いだしたが、そのときはろれつも怪しくなっていたから、あまり信用できなかった。ただ、一緒にいる間に何度かあった勇人からの電話には出なかった。ずらりと並んだ彼からの着信履歴を結生に見せて「うざ」と言ったりもした。

とにかくその日、結生は父親とママさんにきびしく叱られることになった。かんなとその店でビールをあと一杯ずつ飲んで、そのあとふたりでカラオケボックスへ行き、家に戻ったときは九時を過ぎていたからだ。

どこへ行ったのか、何をしていたのか、なぜ酔っ払っているのか、結生は保護者たちに明かさなかった——保身のためではなく、むしろ明かさなかったことでよけいに叱られることになったのだが。ただ言いたくなかったのだった。社の石積みの陰に潜んでいたことを、誰にもひみつにしていたように。

その日以来、勇人に電話したりサッカーの練習を眺めたりすることを結生はやめた。かんなが勇人を振ったという噂が伝わってきたのは、それから間もなくのことだった。

10

三十二。

え？　と准一《じゅんいち》は妻に聞き返した。三十二人になったとよ、これが最終的な数字。紫乃《しの》は答えた。准一は妻の顔をまじまじと見た。怪訝そうに眉をひそめて見返される。何も気づいていていないのか。気づいていないふりをしているのか。

それはひとり娘のゆかりの、明日に控えた結婚披露パーティの参加者の数だった。いわゆるレストランウェディングで、准一の店で催される。誰それが来られなくなって、誰それが来ることになった、と紫乃は、その数字の内訳を説明した。「最終的な」という形容詞をさっきつけたが、その言いかたは何となく、事故か災害の犠牲者の数みたいにも聞こえた。こちらはあきらかに自分が意識しすぎなのだろうが。

「ブッラータは間に合うとね？」

夫の視線を脇にどかすようにして紫乃はそう聞いた。ああ、大丈夫、今日届くことになっとるよと准一が答えたちょうどそのとき、宅配便のトラックが店の前に停まった。

輸入食材店からの冷蔵便をたしかに受け取ったが、妙に箱が小さかった。開けてみて「はあ?」と准一は思わず叫び声を上げた。十個注文したはずのブッラータチーズが三個しか入っていない。明日のパーティの前菜にとうてい足りない。

店に電話をかけて「どがんなっとるとや?」と怒鳴りつけると、相手は困惑しながら、注文通りに送ったと答えた。電話で注文したのだが、こうしたトラブルに備えてやりとりは先方が録音していた。再生したものを電話越しに聞くと、たしかに准一は「ブッラータ三個」と言っていた。まったくわけがわからない——人知を超えた奇妙な力が働いて、何かが捻《ねじ》れたとしか思えない。

あるいは、と准一は思ったのだった。捻れていたものが、元に戻されたのかもしれない、と。

「どがんすると?」

横で電話を聞いていた紫乃が言った。

「市場で何か見繕ってくる」

と准一は答えた。

「明日の今日で……」

もう間に合わんよ、というふうに紫乃は呟いた。それともこれも、俺の耳にそう聞こえるだけだろうか。准一は再び妻をじっと見た。

「なんね？」

「おまえ……何か俺に言いたかこつのあるとやなかか？」

「なんの話ね？」

紫乃はちょっと笑った。見慣れた表情だった。この十二年、そういう顔で笑うようになっている。

「いや……いい。なんでんなか」

リュックを取りに自宅部分の二階へ上がると、リビングでゆかりがテーブルクロスにアイロンをかけていた。五月の終わりの爽やかな日なのだが、この部屋にはむっと熱気がこもっている。

「花嫁がそがんこつばせんでよかよ」

締め切っている窓を開けながら声をかけると、「んー」と言いながら手を止めようとはしない。

娘は短大卒業後、申し訳のように数年間ＯＬをして、そのあとはずっと店を手伝っていた。身内でしか許されないような甘えた働きぶりだったのに、なぜ今日にかぎって汗だくになっているんだ、と准一は苛立つ。

「お腹の子に障るぞ」

「障るもんね、こんくらい」

妻と同じような笑顔を娘も見せた。捻れ、という思いにまた准一は囚《とら》われる。あのことを娘が知っているはずはないのに。

前方から男が歩いてくる。

見たことがない、若い男だ――ゆかりと同年代くらいの。整ってはいるが古臭い印象の顔立ち、黄色いＴシャツにジーンズ。Ｔシャツの胸元には赤い字で「MEN AT WORK」と書いてあり、全体的に何かちぐはぐな感じがある。

自転車に乗った准一とすれ違うとき、その青年がじろりと見る。無遠慮な視線。睨み返すと目を逸らした。刑事か？　まさか。そういえばここ数年、誰かとすれ違うたびに自分が見張られているような気分になることはなくなっていた。それが間違いだったのか。今、捻れたのではなく、ずっと捻れていたのを見ないようにしていただけか。そうだ、もちろん、ずっと捻れていたのだ。

　青果市場に花ズッキーニが出ていた。顔なじみの業者と話し、三十五本を確保した。余分を見たが、必要なのは三十二本だ。三十二。またその数字のことを考える。今、店頭にあるだけをリュックに詰めて再び自転車に跨った。残りは明日の朝届けてもらえる。

　店の前に紫乃が立っている。何かを待っているようだ。俺か？　留守中に何かあったのか？　准一が自転車を降りても、しかし紫乃はまだ、准一が来たほうを見ている。

「どがんしたとね？」

　ゆかりが……と紫乃は呟く。

「ゆかり？　ゆかりがどがんしたとね？　家におるんじゃなかとか」

「男のひとが来《こ》らして……一緒に出ていったとよ」

「男？　黄色いTシャツのやつか」

「知っとったとね？　あなた」

「さっきすれ違った。知っとったとはどがんこつね？　何があったと？　なしてゆかりはあの男と……」

　紫乃は人差し指を自分の唇にあてた。近所の耳を気にしてのことだろうが、そんな仕草をする妻を准一ははじめて見た。店の中に入るように促され、窓越しに姿を見られるのもまずいとでも言うように、妻は厨房へと先導していく。

「あの男《ひと》とも、ゆかりは交際していたらしか」

紫乃が毎晩、准一には偏執的とも思える情熱でピカピカに磨き上げている調理台を挟んで向かい合うと、妻は言った。

「なんね、そりゃあ」

溜息とともに准一は吐き捨てる。もうこれ以上この話は聞きたくないという思いがむくむくと膨らんでくる。いったい今日はどういう日なのか。

「そりゃ、二十六にもなれば、男のひとりやふたりおったろう。それがなんね？　縁がなければ関係が切れて、縁がある相手と一緒になるったい。因縁をつけに来たとか？　あいつは」

調理台の上には明日のメニューを何度も練り直した雑記帳が置いてある。前菜の項のブッラータの文字が横線で消されている。自分で消した覚えが准一にはない。では紫乃か。雑記帳に書き込むのはこれまでずっと俺だけの役目だったのに？

「お腹の子の……」

紫乃は言いかけてやめたが、全部言ったも同然だった。

「あいつがそう言ったとか？　腹の子の父親は自分だと」

紫乃は怯《おび》えた顔をして首を振った。

「ゆかりがあたしに言ったとよ。昨日……」

「昨日？」

「生まれてくる子の父親は貴俊《たかとし》さんではないって。一緒に昼の洗いものをしとるとき、天気の話でもするごた、けろりと話したと」

「それで今日になって、本当の父親があらわれた。そういうこつね」

「あの男《ひと》はただ、ゆかりさんはおられますかと言うただけやったけど、ああ、この男がと、あたしにはわかったとよ。ゆかりの態度もそがんふうやったし……」

「どこへ行ったとね、ふたりは」

「わからん。ちょっと話ばしてくると言うから……」

「そがん男とふたりきりで行かせたとか」

「どう言って止めればよかったとね。引きずられていくわけでもなし、ゆかりが先に立って歩いていったとだけん」

俺がいたら止めていた。准一は思う。それこそ引きずってでも、娘を家の中に連れ戻したのに。

あなた。紫乃が、逆に責めるような口調で囁きかけた。

「今の話、ゆかりを責めたらいかんよ。あなたには内緒ということになっとるとだから」

「そんなら、なして俺に話したとや?」

泣くような声が出た。母親にしか知られたくないと娘が思っていることを、知りたくなどなかった。知らされたうえで、今まで通りに娘の結婚と出産を祝えというのか。だいいち、ゆかりは無事に戻ってくるのか。


三十二。

その数字のことを准一はまた考える。

あれは十二年前のことだった。記憶はカンフーマンからはじまる。紫乃も覚えているだろう。この十二年間、カンフーや大道芸人の話題がふたりの間で暗黙裡に避けられてきたことが、彼女が覚えている証拠だ。

あの日も結婚披露パーティがあった。准一の大学時代の友人の祝宴で、弓張岳にある彼の別荘にごく親しい者たちだけが招かれた。准一は結婚祝いとして当日の料理を担当することになっていた。それで紫乃とふたり、久留米の店から車で出かけたのだ。山に登る前に市内で多少の買い物をし、ラーメンで腹ごしらえしたのだが、そのとき通りすがりに、その男を見たのだった。

青いカンフースーツ、体に巻きつけられピカピカ光っている電飾、「引退パレード」と記された幟。彼がこの辺りで「カンフーマン」と呼ばれている有名人（？）であることは、周囲に聞こえる声でわかった。引退と書いてあるばい。カンフーマンは今日で見納めということやろか。准一と紫乃はしばらくぽかんとその姿を見送ってから、顔を見合わせて笑った。ふたりともとくに感想を口にしなかったのは、滑稽なだけでなく何か痛々しい感じがあったからかもしれない。あるいは禍々《まがまが》しさを感じていたのか。あれが予兆だったのか。

披露パーティ自体はなごやかに終わり、料理の評判も上々だった。客が全員辞し、後片付けが終わったのがちょうど日付が変わる頃だった。ゆかりは母の家に預けてあったが、翌日も店を開けなければならなかったから、その日のうちに久留米に戻るのは予定のことだった。

シャンパンを一杯ずつ、車に乗る三十分ほど前に飲んでいた。勧められ、固辞するのは祝いの日にふさわしくないと思ったし、酒が強い准一にとって、その程度で運転に差し障る危惧はなかった。運転の直前ではなかったし、この時間、山道を通る車などほとんどいないだろうと思えたし、時期的に検問の心配もなかった。

娘と男を探しに行くために、再び自転車に跨ったところで、ゆかりが歩いてくるのが見えた。

　准一を見つけると娘は笑顔で手を振った。何事もなかったのか。あの男は腹の子の父親などではなく、たんなる友人だったのか。安堵《あんど》はほんの一瞬のことだった。不自然な動きで父親の横をすり抜けようとした娘の腕を准一は摑んだ。俯いた顔を覗き込むと、左の頬骨の上が赤く腫れている。

「殴られたとか」

　思わず怒鳴るように聞いても、俯いたままゆかりはまだ笑っていた。

「ちょっとしくじったとよ。まいった、まいった。でも、もう大丈夫やけん」

「大丈夫なことがあるか」

「煩わしかことは、もう終わったとよ。顔は明日には元通りになるけん」

　微笑みながら、ゆかりは准一の腕を振りほどいた。なるべく早《はよ》う氷で冷やさんといかんから。そう言って、家の中へ入っていく。

　准一は呆然として、しばらくの間その場に突っ立っていた。紫乃にもゆかりは同じ説明をして笑うのだろうか。母親には、俺にしたのとは違う話をするのか。殴られた頰を氷で冷やして、いずれにしても明日は結婚式を挙げるのか。間違っていないか。こんな結婚はおかしくはないか。

そういえば十二年前、弓張岳で結婚披露パーティをしたカップルも、三年持たずに離婚したのだった。すべてが繋がっている、という思いを振り切るように、准一は自分も店に入った。紫乃もゆかりも一階には気配がない。二階でひそひそやっているのだろう。ひょっとして紫乃が、あのことをゆかりに打ち明けてしまってはいないだろうか。まさか。どうしてそんなことを考えるんだ。この十二年間夫婦で守り通したひみつを、今日という日に娘に明かす理由などあるはずもない。どうかしている。考えすぎだ。

准一は厨房に入り、明日の仕込みに集中しようとした。さっき仕入れた花ズッキーニを調理台の上に取り出し検分する。フリットにしようと思っていたが、そのままでは人数分に足りないブッラータを、花部分に詰めて揚げることを思いついた。

二本ばかり試作してみることにした。モッツァレラチーズを詰めるレシピはあるが、ブッラータはモッツァレラよりずっと柔らかいから、難しいかもしれない。揚げてみないとわからない。いや、じつのところは明日の今日なのだから、試作してみなければ心配なメニューは避けるべきなのだろうが、なぜかどうしてもやってみたくなって、准一は冷蔵庫からブッラータのパックを出してきた。これがうまくいけば、すべての不安が裏返り、いっさいの問題が消えてくれる気がする。

パックを開け、ブッラータにナイフを入れたところで、ゆかりが厨房に入ってきた。氷を入れたビニール袋を左頬にあてている。追加の氷を取りに来たらしい。

「なんばしとると？」

何かかける言葉を思いつくより早く、娘のほうから声を上げた。何を咎《とが》められているのかまったくわからず、准一はぽかんと娘を見返した。

「ブッラータをなしてそがんふうにいじっとると？」

ブッラータのことか。しかしこの剣幕はなんなのだと准一は混乱する。

「そのまま出すには数が足りんとよ。注文ミスで……」

「注文ミス？」

鋭く聞き返され、

「いや、ちゃんと注文したつもりだったとばってん……」

と准一は口ごもる。

「ブッラータはオリーブオイルと塩でじゅうぶんでしょう、今までずっとそうやって出してきたやなかね？」

「数が揃っとればもちろんそうするつもりだったとたい。わからんか？　数が足りんとよ」

「だから、なしてそがんミスをすると？　明日は私が結婚するとよ」

娘の金切り声に准一は凍りついたようになる。そんな声をなぜ今出すんだ、さっきは笑っていたくせに。

「ブッラータは貴俊さんの好物だから披露宴のメニューに入れてもらったとよ。父さんもそれは覚えとるでしょう。貴俊さんにも、もう言うてしもうたとよ」

「貴俊くんにはあらためて好きなだけ食べてもらえばよか。とにかく明日は……」

「明日でしょう、肝心なのは」

涙声で言い捨てて背中を向ける娘を、見知らぬ生き物のように准一は見送る。


三十二。

その数字のことを思うと、いやな感触がよみがえる。

弓張岳の別荘からの帰路、山道にはむろん街灯があったが、女の姿はまるで見えなかった。カーブを曲がった直後、ふいに何かが飛び出してきて、ブレーキを踏むと同時にぶつかっていた。

今まで経験したことのない、鈍い、めりこむような、いやな衝撃があった。生きているものに車をぶつけたのははじめてだったからだろう。紫乃とふたりでその体を車の下から引きずり出したときには、女にはまだ息があった。それなのになぜ、救急車を呼ぶという選択肢がなかったのだろう？　自分だけではない、妻もそれを言わなかった。どがんしたらよかとね？　紫乃が口にしたのはほとんどそれだけだった。何度も、何度も。

だから准一は、指示をした。画策したという意識はない。どうすればいいか。課題をひとつずつ片付けていっただけだ。食材を運ぶときにくるんでいたシートを後部座席に敷く、その上に女を横たえる、懐中電灯で地面を照らす、道に投げ出されたハンドバッグを拾い、事故の痕跡を消す。血は女の顔の上に溜まっていたが、舗装路には大量には流れておらず、ペットボトルの水を何本か積んでいたのでそれで洗い流した。

それから夫婦で車に乗り込んで少し下っていくと、水色のフォルクスワーゲンが停まっていたので、降りて調べた。ハンドバッグの中にキーがあったので、女が乗ってきた車だとわかった。バッテリー切れでエンストしたことも。それで女は車を降りて、徒歩で山道を登っていたのだ。別荘地の住人だろうか。客ならばこんな時間には訪れないだろう。ぐずぐずできない。そのとき、そう思ったことを准一は覚えている。女の帰りを待っている者がいるなら、今にも誰かが彼女を探しにくる気がして。

応急的にワーゲンのバッテリーを充電すると、夫婦は二手に分かれた。紫乃はワーゲンに乗り、准一は自分の車に。ワーゲンは市外のホームセンターの駐車場に乗り捨ててくるようにと妻に指示したが、自分は女を乗せた車でこれからどうするつもりなのかは言わなかったし、紫乃も質さなかった。准一にしてもはっきり決めていたわけではなかった。どがんしたらよかとね？　どがんしたらよかとね？　妻の問いかけを頭の中でわんわんさせながら、女を乗せたまま走り続けた。

そうしていれば、そのうち女がむっくりと起き上がるのではないかという気がした。見た目よりずっと怪我は軽くて、病院へ連れていって事なきを得、そのあと多少の厄介はあるとしても、ああよかった、あのときは本当に慌てた、てっきり死んだかと思ったと、後から笑い話になるような気が。だが、女は起き上がらなかったので、病院には行かなかった。信号待ちをしているときでも准一は後部座席を振り返らなかったが、一度だけ小さな呻《うめ》き声が聞こえて、そのときがいちばん恐ろしかった。車を止めたとき、女は死んでいた。奇妙な安堵とともに、俺は女が死ぬのを待ちながら車を走らせていたのだろうか、と准一は思い、いや違う、女を埋める場所を探していたのだ、と思った。どちらも同じことだというのはわかっていた。

ああするしかなかったのだ。店には固定客が増えていて、雑誌にも何度か取り上げられ、ゆかりはまだ十四歳だったし、事故を起こした運転者からアルコールが検出されれば、彼に飲ませた新婚夫婦までもが罰されるだろう。深夜一時を過ぎていて、山道で、暗くて、目撃者はいなかった。いくつもの理由を胸の中で繰り返し唱え、妻の瞳の中にそれらを読んだ。その一方で、どのみち間もなく破滅はやってくるだろう、とも思っていた。ふたりが犯したのは紛れもない犯罪であり、イタリア料理は作れても犯罪にはずぶの素人である自分たちの行き当たりばったりの隠蔽《いんぺい》工作など、あっという間に見破られ、早晩テレビドラマのように刑事が訪ねてくるだろう、と。

だが、そうはならなかった。きっと明日だろう、この家で眠れるのは今夜が最後だろうと思いながら、一年が経ち、五年が経ち、十二年が経ったのだった。

ズッキーニを一本、衣にくぐらせ、熱したオリーブオイルの中に横たえる。娘に泣き叫ばれたあとでは、試作する意味がわからなくなっているが、ほかにどうしていいかわからないからズッキーニにブッラータを詰め、揚げている。

大きな泡がパチパチと爆ぜてズッキーニを包囲する。泡は次第に小さくなる。さほど長い時間揚げなくても火は通る。うまくいきそうだ。しかし油から引き上げようとした瞬間、短く折ったパスタで綴《と》じ付けている花の部分から、じゅくじゅくとブッラータが溶け出してきた。

どうしてだ。しっかり綴じたのに。准一は濁っていく油をぼんやりと見下ろす。溶け出したチーズの縁が焦げて茶色に変わっていく。紫乃が降りてこなければそのまま油に炎が上がるまで眺めていたかもしれなかった。足音にはっとして、准一は火を止めた。

「ゆかりの部屋、ドアのつっかい棒、そのままにしとってくださいね」

まったく意味がわからないことを紫乃は言った。

「つっかい棒……？」

「ええ。ドアの前に本を積んで、靴べらで壁に突っ張っとるだけやけど、簡単には開けられんし、音がたつから、あの子が出ようとしたらすぐわかるでしょう」

「閉じ込めとるとね？　ゆかりを」

驚いて聞くと、紫乃は頷く——当然のことをしているまでだ、という表情で。

「明日は結婚式ぞ。いや、それより……妊娠しとるとぞ、あの子は。なしてそんな真似……」

「明日が結婚式だからこそたい」

紫乃は静かな、しかしきっぱりした口調で言う。

「ゆかりの様子がふつうではないことは気がついとるとでしょう。あの子は逃げ出すかもしれん。逃げ出して、腹の子の父親と駆け落ちばするかもしれんよ」

「何をばかな……。ゆかりの顔を見とらんとか。殴ったとぞ、あの男はゆかりを」

「憎くて殴ったのではないかもしれんでしょう。ゆかりもそれはわかっとるはず」

「おまえの言うとることはいっちょんわからん。何を根拠に……」

「母親の勘たい。ゆかりは気持ちを変えたとよ。いや、変えようとしていた気持ちが、どうにも変わらんということに気がついたのかもしれん。あの子は貴俊さんを捨てるつもりでおるとよ。間違いなか」

目をぎらぎらさせて訴える妻から顔を背けて、准一は再び鍋の中に視線を落とした。冷めかけた油の中に、見る影もなくなったズッキーニが一本、ぷかりと浮いている。

「それでおまえは、どうでも明日、ゆかりに貴俊くんとの結婚式を挙げさせたいと思うとるわけか」

ふっと体じゅうの骨が失われたような気分になってそう言うと、

「あたりまえでしょう。もう娘たちだけの問題ではなかとだから。うちの店に来るとよ、三十二人の客が」

と紫乃はくってかかるように言う。三十二。またその数字があらわれ、准一からいっそう何かが失われていく。

「なあ」

とあらためて妻に声をかけると、その声のやさしさに准一自身が動揺した。自分はもう決めているのだと思った。

「もう、よかろう」

「何が。どういう意味」

紫乃はいっそう目をぎらつかせる。

「間違っとったとよ、俺《おい》たちは……この十二年ずっと。それを正すのが今日たい」

「十二年？　何の話ね？　なんば言うとるとね？」

「何の話か、わかっとるやろう。十二年前のことは、決して、決して、なかったことにはならんとよ。そいでも神様は十二年間待ってくれたとかもしれん。だが、もうよかろう。そがん言うとらすとよ。それでブッラータも、ゆかりも……」

「十二年前のことがどがんしたというとね。関係なかでしょう、今、それは。それでブッラータがなんだというとね？　あなた、どがんしたと？　気はたしかね？」

「わからん」

と准一が言ったのは、「気はたしかね？」への返答だったが、次にすることはわかっていた。鍋の中のズッキーニを掬《すく》い上げ、ゴミ箱に捨てる。油をポットに空け、鍋をきれいに洗う。作業している間、紫乃は固まったようになって黙って見ていた。

准一がエプロンを外すのを見計らったように、ドンドンとドアを叩く音が二階から聞こえてきた。夫婦で顔を見合わせる。

「出してやったらよか」

准一は言った。

「だめ」

紫乃は首を振ったが、思い直したようだった。

「出すならあなたが行って、話を聞いてやってからにしてください」

「俺はこれから出かける」

「出かける？　どこへ」

「ブッラータを探してくる」

目を剝き、今にも叫びだしそうな妻を宥めるように、准一はそう言った。やさしい声。こんな声で妻に語りかけることも、この十二年はなかった、と思う。

准一は厨房に置いたままだったリュックを背負うと店を出た。予想に反して妻は追ってこなかった。さっきの俺のように骨が消えたようになっているのかもしれない。それとも本当にブッラータを求めに行くと思っているのか。

自転車を漕ぎだす。まずは駅を目指す。それから、どちらへ先に行くべきか。警察か、あの女の亭主がいるであろうカステラ屋か。

前方からやってくる姿が一瞬、カンフーマンに見えてぎょっとするが、次の瞬間、それは黄色いTシャツのあの男になる。すれ違うとき今度は男は准一を一瞥もしなかった。店へ行くのか。ゆかりを連れ出しにきたのか。それならそれでいい。そのほうがいいのだろう。

ブッラータを探すという選択肢もまだある。准一はそう考えてみる。だがどこへ行けばブッラータがあるのかわからないし、その選択はしないこともわかっている。三十二、と思う。あの女は死んだとき三十二歳だった。あとから新聞記事を見て知った。まだたったの三十二歳だったのだ。

この作品は「GINGER L.」（2014 SPRING 14～2016 SUMMER 23）に連載されたものです。

〈著者紹介〉
一九六一年東京都生まれ。成蹊大学文学部卒。八九年「わたしのヌレエフ」で第一回フェミナ賞を受賞しデビュー。二〇〇四年『潤一』で第十一回島清恋愛文学賞、〇八年『切羽へ』で第百三十九回直木賞、一一年『そこへ行くな』で第六回中央公論文芸賞、一六年『赤へ』で第二十九回柴田錬三郎賞、一八年『その話は今日はやめておきましょう』で第三十五回織田作之助賞を受賞。その他の著書に『だれかの木琴』『照子と瑠衣』『錠剤F』『ホットプレートと震度四』『猛獣ども』『だめになった僕』など。

しずかなパレード
2025年2月20日　第1刷発行

著　者　井上荒野
発行人　見城 徹
編集人　菊地朱雅子

発行所　株式会社 幻冬舎
〒151-0051 東京都渋谷区千駄ヶ谷4-9-7
電話：03（5411）6211（編集）
03（5411）6222（営業）
公式HP：https://www.gentosha.co.jp/

印刷・製本所　株式会社 光邦

検印廃止

ISBN978-4-344-04407-4 C0093